성 과 를 원 하 면
성격스타일을
제3의 본성으로 리메이크하라

성격의 재구성,
Remake Me

성격의 재구성, Remake Me

초판인쇄	2023년 06월 12일
초판발행	2023년 06월 17일

지은이	최성미
발행인	조현수
펴낸곳	도서출판 더로드
마케팅	최관호 최문섭
IT 마케팅	조용재
교정교열	이승득
디자인 디렉터	오종국 Design CREO

ADD	경기도 고양시 일산동구 백석2동 1301-2 넥스빌오피스텔 704호
전화	031-925-5366~7
팩스	031-925-5368
이메일	provence70@naver.com
등록번호	제2015-000135호
등록	2015년 06월 18일

정가 16,800원
ISBN 979-11-6338-384-0 03810

성 과 를   원 하 면
성격스타일을
제3의 본성으로 리메이크하라

성격의
재구성,
Remake
Me

최성미 지음

도서
출판 **더 로드**
The Road Books

"제3의 본성은 일상에서 개인이 몰두하거나
목표하는 것에서 나온다"

하버드대 최고의 심리학 명강의 〈성격이란 무엇인가?〉
- 브라이언 리틀

지금까지 살아온 과정에서 자신의 성격으로 인
해 후회해 본 일이 있었는가? 만약 전혀 그런 적이 없다는
사람이 있다면, 그 사람은 강철멘탈이라서 그런 걸까? 하지
만 그런 유형의 사람은 오히려 '고통 회피형'일 가능성이 높
다. 즉, 잘하지 못했던 자신의 과거를 직면하는 것이 썩 내
키지 않거나, 아니면 미래의 꿈이 주는 달콤함으로 인해 현
재에 굳이 과거의 일을 들춰내 스스로를 힘들게 할 필요가
없어서는 아닐까?

꼭 이와 같은 경우가 아니더라도 당신은 자신의 성격으로 인해 인생에서 적어도 몇 번은 더 잘할 수 있었던 아까운 기회들을 놓친 적은 없는가? 또 사람들과 다른 성격스타일로 인해 성과는 고사하고 자존감이나 자신감이 바닥을 친 적은 없는가? 아니면 날로 변화하는 시대에 가정과 사회에서 세대문화의 차이로 인해 힘들어해 본 적은 없는가?

이 책은 이렇듯 자신의 성격이나 다른 사람들의 성격으로 인해 부침이 많은 사람들을 위한 것이다. 특히 요즘처럼 판이 바뀌는 시대에 이렇게 살다 끝나는 건가 싶어 불안한 사람들이나, 다른 사람들과 함께하는 일에서 확실히 성과를 내야 하는데 어떻게 하면 더 잘할 수 있을까를 고민하는 사람들을 위한 것이다.

나는 코칭을 하던 몇해 전 브라이언 리틀의 《성격이란 무엇인가》라는 책에서 '제3의 본성'이란 단어를 발견했다. 타고난 천성, 환경을 통해 형성된 후천적 성격 외에 제3의 본성이 있다는 것이다. 성격과 동기심리학 분야의 세계적인 학자의 이 말은 그야말로 어두운 밤하늘에 빛나는 별 같았다. 즉, 어떤 목표가 생기면, 그에 맞게 성격을 조절하되 목표가 달성되면, 다시 자신의 본성으로 돌아가야 한다는 주장이 얼마나 위안을 주는 말인지. 그때부터 난 제3의 본성에 대해 더 파보기로 했다.

사실 요즘 우리는 어느 정도의 관심만 있다면 언제든 성격 유형 진단 프로그램들, 가령 MBTI나 DISC, 애니어그램 등을 접할 수 있다. 그렇다면 당신은 이러한 성격유형 진단을 얼마나 신뢰하는가? 이 점에 대해서 난 어느 정도는 참고할 만하다고 생각한다. 왜냐하면 성격 유형은 하나의 '패턴'이자 '범주'이기 때문이다. 성격 유형이란 것은 자신이 가장 익숙하고 편안한 환경에서 자연스럽게 흘러나오는 본성이다. 흔히들 '사람은 고쳐 쓰는 게 아니다.' 또는 '천성은 죽을 때까지 못 버린다.'라는 말들을 한다. 그만큼 성격이란 것은 변화시키기 어려운 것이리라. 하지만 어쩔 수 없이 본래 자신의 성격을 변화시켜야 하는 상황과 환경이 주어진다면 우리는 어떻게 할까? 각자 살아온 삶을 한번 돌아보면 이

러한 경험들이 분명 존재했다. 다만 그렇게 되기까진 아마
도 존재의 외로움과 고통이 필연적으로 따라왔을 것이고.

무엇보다 제3의 본성은 자신이 바라는 삶의 목표를 대상으
로 하고 있다. 한마디로 어떤 일에서 성과를 분명히 내고 싶
다면, 그 일을 가장 잘 수행할 수 있게 하는 나의 성격적 특
징이 무엇일까 생각해보고, 그에 맞춰 자신의 성격을 리메
이크하자는 것이다. 즉, 자신의 본성을 한시적으로 일과 상
황에 맞게 재조합해 보는 것이다. 그런데 말이 쉽지 행동하
기란 죽을 것 같이 힘들 수도 있다. 또 실패할 수도 있다. 하
지만 이 모두가 자신이 바라는 삶으로 나아가는 과정일 뿐
이라는 점을 염두에 둔다면 시도할 가치는 충분하지 않을
까? 또 계속 그렇게 살라는 것도 아니다. 그렇게 원하던 성
과를 얻었다면, 다시 본래의 편한 자신의 성격대로 돌아오
면 된다. 그렇지 않고 계속 자신의 본성을 거슬러 산다면,
미쳐버리거나 언젠가는 번아웃을 맞이할 수도 있다. 그리고
자신의 본성으로 돌아오는 것도 반가운 일이다. 그 이유는
이러한 노력으로 인해 자신의 본성은 그새 업그레이드되었
기 때문이다. 가령 공감력이 부족하고 사실 위주의 논리적

사고 스타일에 가까운 성격이었다면, 어떤 목표 달성을 위해 공감력을 높이려고 무지하게 노력했을 것이다. 하지만 바라던 성과가 나와서 자기 본성으로 돌아간다면 여전히 공감력은 부족할 수 있으나, 사실 위주의 논리적 사고력은 공감의 필요성을 바탕에 깔고 더 진화하여 고급스럽게 나타날 것이다.

반대의 경우도 마찬가지다. 공감력이 좋고 직관적 또는 즉흥적으로 행동하는 스타일이었다면, 원하는 성과를 얻은 후 편한 본성대로 돌아가지만, 공감력도 예전의 그것이 아니라 사실과 수치, 통계에 기반해 조금은 더 과학적인 공감력이 될 것이며, 여전히 즉흥적으로 보이는 행동이지만, 찰나라도 나름 논리를 바탕으로 하는 자신의 성장과 변화를 느낄 수 있을 것이다.

현재 우리 사회에는 성격심리를 알게 해주는 책이 차고 넘친다. 다들 리더십의 요체는 '나를 알고, 너를 알고, 그 바탕에서 나를 조절하며, 너의 조절을 (원한다면) 돕는 것'이라고 한다. 그런데 사람들은 대부분 '나는 됐고(안 고쳐도 되고), 너에게 (문제가 있으니) 그걸 알려주마.' 스타일을 취한다. 그렇게 시간과 돈, 감정과 에너지를 쓰는데, 이는 다 부질없는 짓이다. 왜냐하면 그렇게 해도 결국 보면 '나나 잘하자.'로 회귀하게 되니까. 따라서 자기의 성격을 리메이크하는 방법이 가장 가성비가 높다. 하지만 어떻게 해야 하는지는 그 누구도 모른다. 왜냐하면 80억 인구가 성격이 다르고, 처한 환경과 상황이 다 다를 것이므로. 이에 조금이나마 도움이 될 만한 내용을 책 속에 실어놨으니, 과연 그런 건지 아닌지 이제 자신이 때와 상황과 대상에 맞게 '눈치껏' 적용만 해보면 될 일이다.

열 길 물속은 알아도 한 길 사람 속은 알 수 없다지만, 적어도 자기의 속은 알 수 있다.
이제 인간 본성이라는 그 위대한 삶의 여행을 함께 떠나보고 싶지 않은가?

이 생을 고맙게 여기며
저 멀리 강화도가 보이는 곳에서
최성미

〈프롤로그〉 제3의 본성은 일상에서 개인이 몰두하거나 목표하는 것에서 나온다

차례 • Contents

제7장_ 제3의 본성을 잘 발휘할 수 있게 도와주는 코칭 기술

에필로그

제1장

성격을
알면
성과가 보인다

Remake
Me

난 어릴 때부터 부모님의 신뢰와
격려를 많이 받고 자라
자존감이 높은 편이라고 생각했다.
성격유형 진단검사 결과도
대체로 그렇게 나왔다.
지금껏 그런 줄 알고 살아왔다.
그런데 딸이 성인이 되자, 대화 가운데
충격적인 진단을 해줬다.

01

'나'를 알고 '너'를 알면
성과는 따라온다

내가 나를 얼마나 아는지가 과연 중요할까?

또 안다면 얼마나 알 수 있을까? 막상 나를 잘 안다고 하면 무엇이 얼마나 달라질 수 있을까? 하물며 나를 알기도 힘든데 다른 사람은 얼마나 알 수 있을까? 그리고 막상 나를 잘 안다고 해도 가정과 사회에서 내가 바라는 것들이 제대로 이루어지지 않고, 성과가 미미하다면 무슨 소용이 있을까?

결론적으로 할 일 많은 천지에 나에 대해서도, 너에 대해서도 다 잘 알 필요는 없다. 이번 생은 틀렸다고 할 것이 아니라 한 가지 성과만 확실히 나와도 삶의 즐거운 변화는 도미노다. 내가 만들어 내고 싶은 성과를 먼저 그려보고, 그에 걸맞게 성격을 재조합하는 집중의 묘만 발휘하면 되는 것을 굳이 안 할 이유가 있을까.

'성격' 하면 어떤 생각과 느낌이 떠오르는가? 여기서 굳이 '생각'과 '느낌'이라고 표현했는데, '생각(thinking)'을 말하는 것이 편한 사람과 '느낌(feeling)'을 말하는 것이 편한 사람이 있을 수 있다. 물론 이 두 가지를 혼재해서 쓸 수도 있다. 혹여 그 말이 그 말 아닌가도 싶겠지만, 이러한 성격적 특성 하나만 가지고도 서로에게 이끌리거나, 아니면 서로를 같은 하늘 아래 머리를 이고 살아갈 수 없는 족속이 아닌가 생각할 수도 있다. 어쨌든 '성격'이란 말을 떠올리니 어떤가?

분명한 것은 대체로 자신의 성격 중 이건 좀 고쳐야 하지 않을까 싶은 구석이 적어도 한두 가지 이상은 있다는 것이다. 가령 '미루기 좋아하는', '짜증을 잘 내는', '충동적인' 성격 특징을 지니고 있다면, '마감 때(dead line)까지 기다리지 않고 미리 해놓는', '기분이 태도가 되지 않고 자기 감정을 잘 관리하는', '이후 결과를 고려해 계획적이고 절제하는'

성격으로 고치길 희망했을 수 있다. 또 살아오면서 어떤 계기점마다 고쳐보려고 무던히 노력도 해봤을 것이다. 하지만 쉽던가? 애써 노력해 봐도 어느 순간 도루묵에, 이젠 '죽고 사는' 문제 아니면 굳이 내 성격을 고치고 살아야 하나 싶은 경지에 와 있을 수도 있다. 당연히 선택은 자유다. 다만 요즘 세상을 보면, 같은 인물이어도 본캐와 부캐가 재미있게 공존하기도 한다. 부캐까지 만들어 보자는 것도 아니다. 애써 자신을 고치려고 더 스트레스를 받을 필요도 없다. 이런 것이 아니어도 머리 터지는 세상에. 지금 가진 성격의 재조합만으로도 현재 삶보다 더 획기적인 성과를 만들며 살 수 있는 비법이 있다면 어째 솔깃하지 않은가!

혹시 다른 사람의 성격에 대해 오해를 한 적이 없는가? 같은 직장 동료에 대해 '성격은 좋은데 실속이 없는 사람일 것'이라고 생각했는데, 나중에 보니 업무 평가도 좋고 일도 곧잘 하는 사람이었다. 어찌 좀 혼란스럽지 않은가? 사실 그 사람은 탁월한 업무 역량이 있기보다는 원만한 그 성격으로 직장 내에서 '사내정치'를 잘한 사람이었다. 다른 사람들을 도

마에 올려놓고 이러쿵저러쿵하는 나쁜 의미의 '사내정치' 도 있겠지만, 어쨌든 자신을 상사에게 잘 어필하고, 개인과 조직의 발전을 위해 여러 아이디어를 내며 잘 소통한 사람 이었고, 그것이 업무 역량의 원천이었다. 그런데 왜 그런 선입견을 갖게 되었을까? 보통 우리들은 다른 사람을 바라보는 인식에 분명한 한계가 있다. 한계가 존재하는 이유는 그 기준이 '나' 이기 때문이다. 따라서 역으로 다른 사람들에 대한 자신의 평가를 들여다보면–자신에 대한 다른 사람들의 평가가 아니다.–자신이 어떤 사람인지에 관한 핵심 정보가 들어있다. 이 관점에서 본다면 애석하지만, 정작 '실속' 이 없던 사람은 자신이었을 수도.......

세상이 변화하면서 지식이 부족해도 성공하고 출세하는 사람들이 많이 나오고 있다. 위의 예처럼 '성격은 좋은데' 에 해당된 사람의 경우도, 어쨌거나 결과적으로 그들은 소셜 스킬(Social Skill)에 탁월한 사람들이다. 자신의 감정을 과장하지 않고 있는 그대로 받아들이고 다스리며 타인의 감정에 '공감' 하는 능력, 자신의 감정을 이해하고 다스리는 감성지능 EQ(Emotional Quotient)은 이러한 소셜 스킬과 관련이 깊다.

세계적인 심리학자이자 가장 영향력 있는 경영사상가 중 한 사람인 대니엘 골만(Daniel Goleman)의 저서에 있는 연구(Working with Emotional Intelligence)에 따르면, 감성지능은 리더가 우월한 성과를 내기 위해 필요하다고 여겨지는 능력의 67%를 차지한다고 한다. 여기서 중요한 것은 감성지능은 타고난 재능이 아니며, 노력(학습)해야 하는 것으로, '뛰어난 결과'를 내야 할 때 '계발'된다는 것이다.

이 말을 다시 해석해 보면 '우월한 성과', '뛰어난 결과'를 내려면 자신과 타인의 감정을 잘 이해하고 조절할 수 있는 감성지능, 소셜 스킬을 잘 계발해야 한다는 것이다. 성격을 재조합해야 하는 이유다. 그러기 위해서는 나를 알고 너를 조금만 더 알아가야 하지 않을까?

02

우린 자신의 성격을
제대로 알고 있을까?

　　사실 요즘 우리는 어느 정도의 관심만 있다면,
언제든 성격유형 진단 프로그램들, 가령 MBTI나 DISC, 애
니어그램, 빅 파이브 등을 접할 수 있다. 그렇다면 당신은
이러한 성격유형 진단을 얼마나 신뢰하는가? 이 점에 대해
서 난 어느 정도는 '참고'를 할 만하다고 생각한다. 왜냐하
면 성격유형은 하나의 '패턴'이자 '범주'이기 때문이다.
성격유형이란 것은 자신이 가장 익숙하고 편안한 환경에서
자연스럽게 흘러나오는 본성이다. 하지만 우리가 사는 세상
은 어디 그렇게 정형화된 곳인가? 정말 변화무쌍하기 그지
없다. 그렇다면 내가 '이런 타입이다. 저런 타입이다.'라고
하는 것이 얼마나 합리적이며 유효할 수 있을까? 나의 본성

이 이렇구나 하고 어느 정도 참고는 할 수 있으나 얼마든지 '때'와 '상황'과 '대상'에 따라 롤러코스터를 탈 수도 있다. 오히려 '나는 이렇고, 너는 이렇구나!' 하며 고정관념이 불러올 위험성이 더 클 수도 있다. 그래서 유형론의 위험에 빠지지 않으면서도 자신과 다른 사람의 성격을 알고자 한다면, 개인적으로 성격 특성 중 하나하나의 요소들을 집중해서 관찰해 보는 것도 방법일 수 있다.

일례로 난 어릴 때부터 부모님의 신뢰와 격려를 많이 받고 자라 자존감이 높은 편이라고 생각했다. 성격유형 진단검사 결과도 대체로 그렇게 나왔다. 지금껏 그런 줄 알고 살아왔다. 그런데 딸이 성인이 되자, 대화 가운데 충격적인 진단을 해줬다.

> "엄마는 자존감이 낮은 것 같아요. 제가 그런 뜻으로 말하지 않았는데, 엄만 자격지심이 큰 것 같아요."

울림이 컸다. 내가 자존감이 낮다고? 자기인식 등 자기성찰 지능이 높고, 매사에 자신감을 갖고 변화와 도전하는 삶을 즐기는 내가? 많은 비용을 투자해 책과 전문 자격 등 코칭 심리 등을 공부하고 연구하면서 10여 년간 다른 사람들을 코칭해 온 내가 자존감이 낮다는 얘기는 받아들이기 쉽지 않았다. 이론적이나 임상적으로 내가 직·간접적으로 공부하고 경험했던 것은 다 무엇이란 말인가? 그리고 다른 사람들에게 코칭을 해줬을 땐 어느 정도 효과가 있었는데?

생각해보니 내 낮은 자존감의 핵심은 '돈'이었다. 딸과의 대화에서 유독 '돈' 얘기만 나오면 자격지심이 많은 엄마가 되는 것이었다. 지금까지 나름대로 이 사회에서 성실하고 책임감 있게 살아왔다고 생각했는데, 어느새 나이를 먹고 돌아보니 쓸 줄만 알았지 변변히 모아둔 돈이 없어 부끄러웠던 것이다. 남편은 그동안 내가 가정과 지역사회, 국가와 민족과 세계평화를 위해 얼마나 열심히 살아왔는지 입에 침이 마르게 강조했지만, 전혀 위로가 되지 않았다. 난 여지껏 헛살았나 싶기도 했다. 결국 나의 자존감에 대한 딸의 진단은 내 생애에 중요한 전환점을 마련해 줬다. 하지만 가만히 들여다보면 이 또한 나의 청개구리 같은 본성이었다. 남들은 은퇴할 나이에 난 다시 시작이니.

자존감의 또 다른 문제는 '무시' 였다. 직급과 일하고 있는 분야에 걸맞는 박사 학위나 전문 자격증 없이 오로지 국회 의원 보좌관과 여타 사회활동 경력만으로 난생처음 정부의 임기제 공무원 생활을 하고 있던 상황에서 '아줌마' 라고 무시당하고 있던 때였다. 무시를 당해 보지 않은 사람은 그 자존감의 나락이 어디까지 떨어질 수 있는지 모른다. 자존감이 바닥을 치고 있던 상황은 무시하던 사람이 사라지니 다시 회복되었다. 그렇다고 해서 '무시' 받았던 나의 상처를 낫게 해주진 못했다. 분노의 감정으로, 깊은 기억 속으로 침잠했을 뿐. 그래도 결국엔 '사람' 은 또 다른 '사람' 으로 치유되고, 스스로가 책임을 다해 일하면 결국 '결과' 로 회복된다는 것을 알게 되었다.

이처럼 일평생 자존감 하나는 높다고 자신하며 살아왔는데, 나의 자존감은 계속 고점에 있었던 것이 아니라 어느 순간

'상황'과 '환경'에 따라 변한 것이었다. 그걸 내가 제대로 몰랐을 뿐.

딸과의 대화에서 자각하게 된 것이나, 직장에서 고통을 체감하며 느낀 것이나 모두 자존감이 높다고 생각하며 살아온 것에 반하는 현실이었다.

이러한 현실 인식의 바탕 위에서 성과 높은 삶을 살려면 나의 성격을 어떻게 재조합해야 할지, 전자의 과제는 이제 본격적으로 펼쳐질 현재진행형이고-그래서 이 책은 여러분과 나를 위한 것이기도 하다.-후자의 과제는 '중간 리더'의 자격을 처절한 체험으로 알게 된 과거완료형이다.

나를 안다는 것은 평생 가도 다 알기 어려운 일이다. 하지만 지금의 나로도 목표와 성과를 위해 성격적 특성을 재구성하여 새로운 방향으로 조절하는 것은 충분히 가능하다. 하고자 하는 마음만 있다면.

03

타고난 본성이란 것이 있을까?

마치 유전자 DNA처럼 사람의 성격도 타고나는 것일까? 우리는 흔히 누군 엄마 성격을 많이 닮았고, 누군 아빠 성격을 많이 닮았단 말을 한다. 유전 때문인지는 잘 모르겠지만, 어쨌든 생활 환경을 공유하는 가족이라는 특징 때문에, 나도 모르게 익히게 되는 아비투스(습관) 형성은 분명해 보인다. 인간의 본성에 대해서 고대로부터 현재에 이르기까지 다양하고 과학적인 이론들이 많이 존재하고 있다. 그러나 여기에서는 자신에 국한해 타고난 본성이 어떤 것인지 생각해보는 시간을 가지는 정도로 다루겠다. 우리는 누구나 적어도 자기 세계를 해석할 수 있는 인지행동 과학자이니까.

네 살인가 다섯 살쯤으로 기억한다. 시골집 앞에 개울물이 흐르고 있었고, 조그만 빨래터가 있었다. 빨래놀이를 좋아했던 나는 언니, 동생의 멀쩡한 옷도 다 벗겨서 빨래 바구니에 담아 옆구리에 끼고 빨래터에 가곤 했다. 거기서 제일 크고 평평한 빨랫돌을 차지하고 엉덩이를 들썩들썩 방망이질까지 탕탕해 가며 빨래하길 좋아했다. 어느 날 옆집에 사시는 교감 선생님 사모께서 빨래터에 와 큰 돌을 차지하고 있던 날 보셨다. 좀 비켜달라고 하셨지만, 난 꿈쩍도 하지 않았다. 그 사모님은 내가 애기니까, 번쩍 들어서 옮겨보려고 하셨지만, 결국 나를 그 돌에서 떼어내질 못하셨다.

"(교감 사모님이 우리 엄마에게) 아유, 집의 애기 참 '억척이' 예요! 내가 좀 비켜달라고 해도 안 비켜 주더라고요. 그래서 내가 뒤에서 안아 떼놓으려고 했더니, 글쎄 빨랫돌 밑에다 손을 넣고 납작 붙어 있어서 결국 못 했다니까. 억척이야 억척이!"

그때부터 동네에서 내 별명은 '억척이'가 되었다. 어른에게 양보할 줄 모르는 욕심꾸러기로 비쳐질 수도 있겠지만, 내겐 어른이 나보다도 나중에 와서 무조건 비키라고 하는 것이 어린 나이에도 나빠 보였다. 그래서 기를 쓰고 내 빨랫돌을 지켰을 뿐이었다. 그게 다였다.

어릴 적 억척이었다면 지금도 억척이일까? 위의 상황에서 '억척이'라는 성격적 개념을 재구성해 '부당함에 굽히지 않는 것'이라고 한다면—사후편향적으로 꿰어맞추는 느낌이 없지 않아 있지만—적어도 내가 십수 년간 사회운동가로 살아왔으니, 타고난 본성이 꼭 아니라고는 할 수 없지 않은가?

다시 돌아와서 이제 요즘 트렌드인 '외향'과 '내향'이라는 성격 특성으로 자신을 한번 살펴보자. 지금 자신은 외향성이 강한 것 같은가, 내향성이 강한 것 같은가? 여기서 외향성과 내향성을 구분하는 기준, 즉 구성개념을 한 가지 제시한다면, 에너지가 밖으로 향한다, 안으로 향한다가 아니라 '속도'를 기준으로 빠르다, 느리다로 해석해 보기로 하자. 말투나 대화의 속도, 평소 뭔가를 결정(의사결정)하는 데 걸리는 시간이 빠른 편인지, 느린 편인지가 그 예시이겠다. 가령 예전엔 외향적이라고 생각했는데, 지금은 내향적으로 바뀐 것 같다고 치자. 그럼 어렸을 적엔 어땠는가? 보통 10살 전후까지를 기준으로 해본다면, 어렸을 때도 외향적이었을 것 같은가? 개인차가 있다는 것을 전제로 하더라도 쭉 일관되게 외향적이었다거나 아니면 내향적이었다고 자신 있게 말할 수 있는가? 그렇다면 천성일 가능성이 크다. 그렇지 않다면 타고난 본성이라고 딱 부러지게 말하긴 좀 어렵지 않을까? 이쯤 되면 타고난 본성이 무엇인지 알기가 애매해진 측면이 있다.

어릴 땐 깔끔했는데 성인이 돼 혼자 자취생활을 하다 보니 냉장고에 뭐가 썩어나도 치우기 귀찮아하는 성격으로 바뀌었다면 타고난 본성을 어떻게 보아야 할까? 어릴 때 깔끔했던 것도 알고 보면 부모님의 울타리 안에서 살아서 적당히 통제되었기 때문에, 그런 습관이 유지되었던 것은 아닐까? 또 사무실 책상 위가 항상 깔끔한 사람이 있는가 하면, 물건들이 정신없이 흩어져 있어 정작 주위 사람들이 심란해하고 자신은 괘념치 않고 일만 잘한다면? 전자의 사람은 타고난 본성이 깔끔해서이고, 후자의 사람은 지저분해서일까?

성격과 기질에 대해 여러 가지 이론이 있지만, 어쩌면 타고 난 천성은 아무도 모를 수 있다. 자신도 이럴진대 하물며 성 과를 같이 만들어야 하는 다른 사람들의 성격은 또 어떻게 알 것인가? 말과 행동, 겉으로 보여지는 것만으로 우리는 다 른 이들을 파악할 수 있을 뿐인데 말이다.

다시 옛 기억을 소환해 보겠다. 초등학교 1학년 때 우리반 은 인원이 70명이 넘는 콩나물시루였다. 그런데 받아쓰기 를 하면 선생님께서 다른 친구들에게는 빨간 색연필로 동 그라미를 5개 쳐주시는데, 난 3개만 쳐주시는 것이었다. 어린 마음에도 얼마나 열받았는지 수업 중에 신발주머니만 챙겨 들고 집으로 왔다. 그리고 신발주머니를 바닥에 확 집 어던지며 엄마한테 "나도 공부 가르쳐 줘!"라고 했다. 그러 면 학교에 있어야 할 아이의 갑작스런 귀가에 놀라신 엄마 는 뿔난 딸을 달래서 다시 데려다주셨다. 과밀학급이라 담 임 선생님은 "니는 언제 또 집에 갔노!" 하며 다시 책상에 앉히셨다. 받아쓰기를 잘못하는 것 때문에 자존심에 스크 래치가 났던 아이. 정작 본인은 뭐가 뭔지 모르는 파격적인 방법, 그것도 수업 중에 귀가를 단행하는 방식으로 스스로 돌파구를 찾았던 것이다. 우리 4남매 중 이런 '주도적'인 아이는 나밖에 없었다. 이런 본성은 타고난 쪽에 가깝다고 해야 하지 않을까?

이처럼 어쩌면 타고난 본성은 내가 적어도 기억할 수 있는 나이부터 더듬어 올라가 보거나 일관성 차원에서 봐야 파악될 수도 있다. 우리가 흔히 얘기하는 본성은 후천적으로 환경과 상황에 따라 학습된 성향일 수도 있고, 그만큼 상대적이기도 하므로.

04

후천적으로 만들어진 성격

예전에 같이 일했던 후배를 오랜만에 만났는데, 별자리(Astrology) 전문가가 되어 있었다, 처음엔 '웬 별자리' 하며 뜨뜻미지근한 반응을 보였는데, 수백만 원을 들여 공부했다니 호기심이 일었다. 그리고 후배의 나에 대한 별자리 해석을 듣고 나니 미지의 세계에 발을 내디딘 기분이었다. 재미 삼아 오늘의 운세나 주간, 이달의 운세로 별자리를 봤던 수준 정도로 얄팍한 선입견을 갖고 있던 것이 갑자기 미안해졌다. 그리고 그 당시의 나는 성격스타일 검사와 해석 코칭을 직업적으로 하고 있었기에—이에 비해 후배는 본업이 따로 있었다.—어디 보자 했던 마음도 없지 않아 있었다. 별자리 해석 자체를 다 믿는 것은 아니지만, 후배의 해석은 놀라울 정도로 나의 성향이나 생활방식과 유사점이 많았고, 직업적 분야에서도 여러 참고할 지점들이 있었다. 그 이후로 후배가 가르쳐 준 사이트를 들락날락하며 다른 참고서적도 탐독하는 등 한동안 별자리를 팠다. 나의 경우 한번 지적(?) 호기심이 발동하면 어느 정도까진 파야 직성이 풀리는 스타일이고, 별자리에 대한 기존의 내 낡은 관점을 완전히 흔들어놨기에 탐닉할 수밖에 없었다.

그러나 그 관심은 지금까지 유지되지 못했다. 왜냐하면 삶은 맥락 없이 어떤 때는 너무나 기습적으로 모양을 바꾸어서 나타나기 때문에. 그러니 아무리 별자리 해석 분야의 할아버지가 온다고 해도 그냥 현실에서의 내 문제는 그냥 내 문제였다.

이처럼 별자리는 물론, 태어난 연·월·시를 기준으로 하는 사주팔자나 혈액형은 타고난 것이므로 선천적인 것이다. 그러나 같은 날, 같은 시간대에 태어났어도 사람의 운명은 저마다 다르다. 그만큼 환경의 영향이 크다는 이야기다. 그렇게 보면 성격은 DNA와는 일면 달리 태어났을 때부터 부모나 가족이라는 환경 속에서 형성된 것이므로, 선천적이면서도 후천적인 것에 더 가깝다고 할 수 있지 않을까? 일례로 성격적응이론(PAT)이라는 것이 있는데, 관련 분야의 전문가들은 이 이론에 대해 '아이의 출생 후 초기 5년 동안에 걸쳐 후천적 요인이 성격 형성에 절대적인 영향을 주는 것으로 보고 있다.' 라고 한다. 막연히 경험상 직관적으로 그럴 것이라고 여겼던 것을 논문에서 발견한 기쁨이라니 유레카였다.

코칭을 하다 보니, 코칭을 하는 나 자신의 성격적 특성은 물론 코칭고객들의 핵심적인 라이프코칭 이슈에서 개인의 구체적이고 개별적인 성격적 특성들로 인한 영향이 지대한 것을 발견하였다. 아니, 거의 다라고 해도 과언이 아니었다. 그래서 성격 특성에 대해 간이검사 방식보다는 보다 과학적이고 전문적인 진단과 해석상담을 해줄 수 있는 자격을 갖출 필요를 느꼈고, 결국 많은 시간과 비용을 투자해 관련 자격증을 차례차례 땄다. 십여 년 전 내가 몰두했던 것은—일종의 MBTI와 비슷한 검사라고 하면 이해가 빠를 듯하다.—성격스타일 진단 프로그램인 DiSC로 로버

트롬(Robert Rohm) 박사의 Personality Insights(성격 통찰력)라는 것이었다. 이 프로그램은 성격스타일에 대한 진단을 할 때 '환경'을 중심으로 한다. 왜냐하면 사람은 환경적으로 역할에 따라 조금씩 다른 자기 모습을 지니고 있기 때문이다. 즉, 멀티 페르소나(다중적 자아) 또는 사회적 자아를 갖고 사는 경우가 많기 때문이다. 쉽게 말해서 집에서 가족 구성원으로서의 역할이 다르고, 직장에서나 사회에서의 역할이 다르기 때문에 성격 스타일이 다 같을 수는 없다. 그래서 진단 검사를 통해 본인이 가장 알고 싶은 '역할'이 무엇인지 파악한 후 그 역할을 둘러싼 '환경'을 염두에 두고 성격스타일을 진단해보는 것이다. 진단 후 검사 결과에는 '기본'과 '환경'이라는 두 가지 스타일이 드러난다. 즉, 우선적으로 알고 싶은 '환경'을 중심으로 검사했지만, 그 환경과는 무관하게 '기본'이라는 성격스타일도 파악되는 것이다. 이 '기본'이라는 스타일은 다시 말하면 어떤 역할이든 상관없이 자신이 가장 편할 때 흘러나오는 본성 같은 것이다. 그리고 '환경'이라는 스타일은 자신이 염두에 둔 역할에 비추었을 때 나타나는 성격스타일이라고 볼 수 있다.

여기서 이 성격진단 유형을 소개하는 이유는 많은 진단 검사와 해석상담을 해봤을 때 '기본'과 '환경' 스타일이 거의 비슷하게 나오는 경우도 있지만, 다르게 나오는 경우도 있기 때문이다. 즉, 굳이 나눠보자면 '기본'은 보다 가장 자연스러운 본성에 가깝다고 볼 수 있고, '환경'은 보다 후천적인 것에 가깝다고 볼 수 있다. 물론 성격유형 진단 프로그램이라는 것이 모두 다 자기보고식 검사이기 때문에 분명 한계는 있다. 그렇지만 중요한 것은 현재 상황이다. 해석상담을 하다 보면, 자신의 기본 스타일인 본성은 본성대로 자연스럽게 살리고, 환경적 측면과 관련하여 생계 또한 자기답게 꾸려나가는 사람들도 있지만, 기본 본성과는 다르게 부자건 아니건 어쩔 수 없이 또 다른 자아로 살면서 재미없고 힘들게 사는 사람들도 많았다. 하지만 이렇게 꼭 검사를 해봐야 뭐가 선천적이고, 또 무엇이 후천적인 성격인 줄 알 수 있는 것은 아니다. 시간을 내서 차분하게 조용히 삶을 돌아보면, 자신의 성격이 변화한 터닝포인트들이 보이고, 관련해 대표적인 특성들도 파악될 것이다.

특히 돈과 관련해 자신의 후천적 성격을 한 번 관찰해 보길 권한다. 즉, 어릴 때부터 선천적으로 부모님 등 가족들이 경제관념에 투철해 아끼고 저축을 하거나, 투자나 자산을 늘리는 방법을 가르쳐 주고 이를 체화했다면 문제가 없겠지만, 그렇지 않다면 자신은 후천적으로 어떤 노력을 기울였는지를 말이다.

돈 쓰기를 좋아하는 성향으로 타고 나서 아이디어, 수완 등이 좋아 돈을 잘 벌었지만, 결국 돈이 부족해 고생 끝에 뒤늦게 돈을 잘 모으고 관리하는 성향, 돈을 잘 불리는 후천적 성향으로 보완해 살고 있다면 인간 승리일 것이다.

따라서 타고난 성격을 탓하기보다는 후천적으로 만들어진 성격을 잘 분석하여, 잘된 것은 계속 살리고 치명적인 약점은 빨리 보완하는 것이 실속 있는 삶이다. 그래야 타고난 별자리처럼 자연스러운 본성과 함께 자기만의 북극성을 찾아 멋있게 생계를 꾸려나가는 즐거움과 행복이 동반되지 않겠는가! 사람은 고쳐 쓰는 것이 아니다. 하지만 이 말은 나를 제외한 다른 사람들에게만 해당된다. 자신만큼은 필요하면 고쳐 써야 한다. 지금까지의 나는 내가 만든 것이므로 앞으로의 나도 내가 만들어 낼 수 있다. 필요하다면 후천적으로 얼마든지.

05

제3의 본성
–리디자인 미(Redesign me), 리메이크미(Remake me)

난 대체로 사교적인 성향이다. 예전에 국회 사무처 보좌진으로 채용될 때 신원진술서를 쓰게 되어 있었는데, 특기란에 쓸 게 없어서 '사교'라고 쓴 적이 있을 정도로. 그만큼 사람에 대한 호기심과 관심이 높았다. 그러다 보니 대인관계에 대한 공포 같은 것은 딴 세상 얘기였고, 거의 내가 먼저 친화력 갑으로 사람들과 잘 소통하는 편이었다. 그러나 살다 보니 상대방이 말을 걸어올까 봐 아예 눈도 마주치지 않는 성향의 사람도 있다는 걸 알게 되었고, 특정한 사회생활 동안은 이러한 사교적 성향이 독이 될 수 있다는 문화적 충격도 받았다. 다정한 말 몇 마디보다 사실과 결론 중심으로만 말해도 소통에 지장이 없다는 것도 알게 되었다.

하지만 성격을 바꿀 필요까진 못 느꼈다. 본성과는 다르게 살아야 하는 결정적 시간들이 오기 전까진. 그렇게 긴 터널도 통과해 보았다.

그래도 사람은 참 잘 안 변한다. 좀 달라졌나 싶었지만, 아니었다. 늘 그랬듯이 기존의 내 성향으론 책 쓰기라는 작업은 사람이 얼마만큼 미룰 수 있는가를 극명하게 보여주는 거대한 숙제 같은 것이었다. 놀기 좋아하고 감성적이고 직관적인데다 즉흥적인 면이 많은 내가 매일 정해진 분량으로 꼬박꼬박 글을 쓴다는 것은 희망사항이었지, 애초 현실적으로 그림이 그려지지 않는 일이었다. 그러다 보니 몸이 배배 꼬이고, 막상 노트북 앞에 앉기까지가 너무나 힘든 일이었다. 지금 당장 착수하기 어려운 핑계와 이유는 또 얼마나 많은지...... 포부는 높고 욕망도 큰데 막상 실행하려니 난제였다.

원래 이 책을 쓰는 과정에서도 제3의 본성으로 자신을 리메이크하려면 책 쓰기에선 먼저 어떤 성격적 특성으로 자신을 리메이크해야 할 건지 나부터 고민하기 바빴다. 고민의 결과, 제일 중요한 것은 '예측가능하고 규칙적인 계획 세우기'였다. 전문가들도 매일 일정 시간을 정해 쓸 것을 추천하지 않는가. 그래서 책 쓰기 전반에 대한 관리가 가능한 상황을 택했다. 하지만 원고 작업이 반 정도 남은 상황에선 결국 규칙적인 쓰기보다는 '집중해서 몰아쓰기'를 택했다. 본성대로, 즉 평소 성향대로 한 것이었다. 하지만 그나마 손톱만큼이라도 달라진 점이 있다면, 미루고 미루다가 남은 절반의 원고에 대한 '집중해서 몰아쓰기'를 '언제 할 것인지' 만큼은 그래도 미리 계획했다는 것이다. 그리고 결과적으론 무슨 일이든 발등에 불이 떨어져야 콩 튀듯 팥 튀듯 하며 가까스로 해내던 내가 놀랍게도 원고 마감일까지 수정도 해보는 시간까지 확보하게 됐다.

이렇듯 제3의 본성을 찾는 일은 어렵지 않다. 목표 달성을 위한 핵심적 본성 하나만 잘 찾기만 해도 절반은 성공이다. 나머지 성공의 절반은 실행이다. 인생은 실험이다. 절실하게 필요하다고 느끼면 관점을 바꾸고 생활방식을 바꾸면 된다. 그리고 목표에 따른 가설을 세우고 그 결과로 가설이 맞는지 삶의 다양한 방식을 실험해 보면 된다. 그런데 중요한 것은 해봐야 결과를 알 수 있다는 점이다. 따라서 강력하게 원하는 목표와 성과를 창출하고 싶을 때, 제3의 본성으로 자신을 디자인하고 다시 만들어 가는 일은 관점을 바꾸고 가설이 맞는지 인생을 실험해 보는 단계이며, 현재 의식과 살아보고픈 의식 간의 간극을 좁히는 경험의 과정이기도 하다. 무엇보다 제3의 본성은 변화를 위한 용기가 절실히 필요할 때 타고난 성향과는 다르게 전략적으로 자신을 강력하게 제한하는 방법을 배우는 길이기도 하다. 끈기와 성과는 덤이다.

사람이 행복하게 살기 위해 필요한 건 오히려 뭔가 좀 부족한 듯한 상황이라고 한다. 결핍이 있어야 바라는 것의 소중함을 알고, 부족함이 채워지는 기쁨도 맛볼 수 있기 때문이다. 또 필요한 건 세상을 더 깊이 있고 폭넓게 이해하고자 하는 시각과 사유 능력이라고 한다. 따라서 성격에 모가 났다면 제3의 본성으로 모서리를 좀 둥글게 만들도록 노력하면 된다. 위선도 3년만 행하면 참선이 된다고 하지 않는가. 또 입만 열면 인생이 오버인 사람은 난 왜 이럴까 하며 좀 고뇌하는 시간을 거쳐 제3의 본성으로 본질만 남기고 압축적이고 담백하게 살도록 애써보면 된다. 사실 우리는 여전히 자신을 재설계할 수 있고, 원하는 목표에 도달하려면 더 지혜로워질 수 있다. 또 자신이 지혜롭고 역량 있는 사람이 되면 그러한 내 존재로 다른 사람들에게 도움을 줄 수도 있다. 그래서 앞으로 펼쳐질 삶에 대해 새로운 선택지와 자신의 진화 가능성을 발견하는 일은 여전한 설레임이다.

관점을 바꾸면 모든 것이 다 달라진다. 제주 '생각하는 정원'을 소개하는 리플렛에 이런 문구가 있다. 분재는 뿌리를 잘라주지 않으면 죽고, 사람은 생각을 바꾸지 않으면 빨리 늙는다. 그렇다. 원하는 성과를 위해 제3의 본성을 장착한다는 것은 생각을 바꿈으로써 행동 양식을 변화시켜 자아를 성숙하게 만드는 과정이고, 다른 사람들과의 관계를 고려해 사회적 자아도 최적화시켜 내는 것이다.

하지만 여전히 자신이 충분하지 않다고 생각하는 두려움이 엄습해 올 때가 있다. 그럴수록 비슷한 상황에서 또 반복적으로 생각하고 행동하는 자신의 패턴을 관찰해 보는 것이 필요하다. 왜냐하면 자신이 은연중에 성장과 진화를 방해하는 감정적 습관에 빠져 살고 있는데도 의식을 못 하고 살 수도 있으니까. 가령 자신을 '미루길 좋아하는 사람', '게으른 사람'이라는 딱지를 스스로 붙이고, 부정적인 감정으로 자기를 세뇌시키고 있진 않았는지? 사실 뭔가를 하는 과정에서는 그런 면이 보일 수 있지만, 결국에는 자신이 원하는 뭔가를 '해내는 사람'이라면, 그동안 붙였던 부정적 딱지에 자신을 가두었던 것이 좀 억울하지 않을까? 즉, '현재의 나'와 '되고 싶은 나' 사이엔 관점을 바꾸고 실행하는 나만 존재할 뿐이므로 리디자인 미, 리메이크 미는 얼마든지 가능하다.

80이 넘은 나이에도 다음 배역이 무얼까 설렌다는 김혜자 배우의 말처럼, 이젠 수년간 해온 대로 행동하는 것이 아니라 이루고픈 다음 목표를 위해 제3의 본성으로 자신을 조각해 보자. 모든 꽃이 봄에 피는 건 아니지 않는가!

06

제3의 본성 이후의 성격

　　제주에서 홀로 여행하던 한 여성을 우연히 만났다. 나도 원고를 핑계 대고 난생처음으로 혼자 제주에서 일주일 살기를 하던 참이었다. 먼저 말을 걸어온 것은 그 친구였다.

대학생이나 청년 같아 보였는데, 워킹맘이었다. 연년생 아이를 낳고 육아휴직 중인데, 직장에 곧 복귀할 예정이라고 했다. 그런데 복귀할 직장이 있다는 건 좋은데 환경에 잘 적응할 수 있을지 모르겠다고 조심스럽게 마음을 꺼내 보였다. 여행을 하게 된 계기도, 육아로 지치고 남편에게도 이런저런 탓을 하게 돼 복직을 앞두고 생각을 정리하려고 왔다고 했다. 혼자 여행 중이냐고 해서, 난 책 쓰기를 하러 왔다고 했다. 작가냐고 해서, 아직은 아니고 예비 저자라고 했더니, 무슨 책을 쓰냐고 물었다. 나는 제3의 본성으로 원하는 것을 이루는 방법에 대해 쓴다고 하였다. 그랬더니 흥미롭다며 관심을 보였다. 그래서 쓰고 있는 책의 요지를 잠깐 말해줬다.

"사람에겐 타고난 본성과 후천적으로 형성되는 성격, 환경과 목표에 따른 제3의 본성이 있어요. 그런데 제3의 본성으로 성과를 창출하고 나면 다시 편안한 자신의 본성으로 돌아가는 것이 좋아요. 또 그 후엔 더 진화된 자신을 확인할 수 있어요. 예를 들면 인정 많고 소통하기 좋아하는 감정형(feeling)인 사람이 있는데, '직업 특성상' 감정형과 대별되는 사고형(thinking)으로 일을 해야 했어요. 그래서 이전보다 더 냉철하고 인간관계에서도 다소 건조하게 제3의 본성을 발휘해 업무를 처리하게 되었어요. 하지만 그 목표가 어느 정도 달성되고 나니, 그 사람의 본성이었던 feeling은 thinking을 관통해 더 고급스러운 feeling으로 진화하게 되었단 말이죠."

귀 기울여 듣던 상대방은 안 그래도 자신이 감정적인 면이 많아서 직장에서 힘들었다고 했다. 그리고 다른 사람들도 다 자신 같은 줄 알았는데, 그렇지 않아서 마음의 상처를 많이 받았고, 그렇기 때문에 여전히 복직의 두려움이 있는지도 모르겠다고 하였다. 난 가만히 듣다가, 복직을 하게 된다면 본래 자기 성격과는 좀 다르게 살아도 괜찮을 거라고 해줬다. 어느 성격 전문가가 그랬는데, 원래 반대 성향으로 일하면 더 성공하는 법이라며 그렇게 한번 살아보는 것도 나쁘지 않을 거라고. 그렇게 해보고 나선 본래 성향대로 다시 돌아오라고...... 나도 어떤 고통스런 상황들로 인해 말 수를 줄이게 된 계기가 있었는데, 오히려 침묵을 해보니 나쁘지 않다고....... 그동안 너무 쓸데없이 많은 말을 하고 살았다 싶었다고. 그 친구는 들으면서 가만히 웃었다. 자신도 앞으로 펼쳐질 장에서 침묵과 소외감, 외로움을 잘 견뎌낼 수 있다는 미소였을까...... 30분도 채 되지 않은 짧은 대화시간이었지만, 우린 서로 만나서 좋았다는 인사를 나누고 헤어졌다.

동양사상으로 성격에 대해 재미있게 강의를 하시는 어떤 분이 동영상에서 이렇게 말한 적이 있었다. 원하는 것을 얻으려면 자신의 성격과 반대로 살아야 성공할 수 있다고. 자신의 본성을 거슬러 극한 인내심으로 반대 성향대로 살아서 원하는 성과를 달성하고 목표를 성취했다면 정말 인간승리일 것이다. 그리고 사실 많은 사람들이 이렇게 살기도 했을 것이다.

나 또한 원래 성향과는 반대로 살아보려고 하루하루를 노력해 본 적이 있다. 그러나 그날그날의 평가는 후회 일색이었다. 말을 하고 싶어서 하는 사람과 할 말이 있어서 하는 사람이 다르다는데, 난 왜 굳이 이야기를 더 했을까, 또는 굳이 하지 않아도 아무 지장이 없었고, 안 해도 되는 행동이었는데 등등…… 그래서 얻은 교훈은 '절실한 목표가 있거나 고통스런 상황이 아니면 반대 성향으로 살기란 참 어려운 것이구나!' 라는 것이었다.

로마 격언에는 이런 말이 있다. 천성은 아무리 쫓아내도 곧바로 되돌아온다. 천성이란 것이 그렇다. 성과 달성을 위한 제3의 본성도 좋지만, 자신의 고유한 본성을 거스르니 어찌 편하겠는가! 계속 반대되는 성향으로 살다가는 미쳐버릴 일이다. 그러니 많은 사람들이 자기답게 살고 싶다고 진정한 자신을 찾아 헤매는 것 아닐까? 그래도 본성을 거스르는 고통이 일을 추진하는 데 있어 원동력인 것만은 확실해 보인다. 돌아보면 지루함이, 분노가 삶의 에너지였고, 낮은 자존감이나 열등감이 삶의 추진력이자 연료였을 수 있다. 다시 말해 고통이 추진력이었다는 것이다. 하지만 계속 그렇게 본성을 거스르는 고통을 원동력으로 삼아 버티기엔 한계가 있다. 앞서 말한 제3의 본성은 원하는 목표를 달성하고자 할 때 필요한 성격스타일을 재조각해서 노력하자는 이야기이다. 그리고 성과를 냈다고 생각하면 본래 편한 자신의 본성대로 돌아와 살아야 한다는 것이다. 즉, 본성의 자연스런 궤도를 계속 벗어날 필요는 없고, 자신의 본성대로 충분한 즐거움을 맛보며 살아보자는 것이다.

어떻게든 제3의 본성이라는 사회적 자아로 자신이 사는 방식을 바꿔보고 삶의 궤적을 한번 깊게 관통해 보게 되었다면 편한 본성대로 살고 있어도 예전과는 달라진다. 즉, 자신은 예전과 비슷한 성향과 패턴으로 본성대로 살고 있는 것 같은데, 그럼에도 어느새 조금씩 달라진 자신을 발견하게 될 것이다. 또 어딘가 모르게 마음이 불편할 수도 있다. 그렇다면 그만큼 자신의 의식이, 자신의 성격이 좀 더 성숙한 인격으로 또는 보다 고급진 성품으로 진화할 준비를 하게 되었다는 뜻이다. 물론 확 달라진다는 얘긴 아니다. 다만 고통스럽게 자기를 극과 극의 성향까지 끌고 가 본 삶의 경험은 의식을 이미 한 차원 높여 놓았을 것이다.

이제 삶에서 이루고 싶은 또 하나의 목표가 무엇인가? 제3의 본성으로 애쓴 이후에는 본성대로 살면서 가장 편하고 자유로운 시간에 다음 목표의 원하는 결과를 떠올려 보자. 그 이미지가 어색하지 않을 때까지 계속 유지해 본다면 우리에겐 이러저러한 '계획된 우연' 이 일어날 것이다. 다만 '계획된 우연' 은 자신이 원하는 삶의 각 분야에서 관심의 끈을 놓치지 않고 있을 때 더 자주 일어난다.

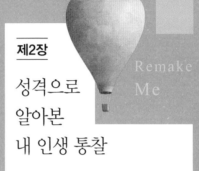

제2장

성격으로
알아본
내 인생 통찰

Remake
Me

내가 빛났던 때로
다 돌아갈 수는 없지만,
그때 내가 했던 좋은 성격적 특징들은
여전히 유효하다.
그리고 내가 무엇에 민감한 사람인지도
알게 해준다.

01

본성대로만 살아도 되지 않나?

'사람은 고쳐 쓰는 것이 아니다.' 라는 말이 있다. 이 말은 누구를 대상으로 하는 것일까? 대개 자신을 가리킬 때 쓰는 말이라기보다는 주로 남을 어떻게 해봐야 하는 상황에서 답이 없을 때 포기의 개념으로 쓰는 말에 더 가깝다고 볼 수 있다. 다른 사람이 어떻든 그저 저 생긴 대로, 즉 본성대로 살게 내버려두면 세상이 평화로울 것이다. 하지만 우리는 그렇게 내버려두는 걸 잘하지 못한다. 관심과 애정이라는 미명 하에. 코칭의 관점에서 보면 셀프리더십에는 보통 4단계가 있다. 1단계는 자기 이해, 2단계는 타인 이해, 3단계는 자기 조절, 4단계는 타인이 원한다면 협력하여 조절을 도와주는 것이다. 그런데 가만히 보면 성질 급한 우리는 일상생활에서 그 모든 단계를 다 뛰어넘어 하루에 열두 번도 더 4단계에 해당하는 고차원적인 리더십을 보여주고자 한다. 그러나 문제는 그 4단계가 제대로 된 4단계도 아니라는 점이다. 4단계는 '타인이 원한다면'이라는 전제가 붙어 있다. 그러니까 대개는 타인이 원하는지 원하지 않는지에는 관심도 없이 나의 이해와 요구에 따라 타인을 조절시키려다 좌절하고 만다. 그러면 그 종착역은 결국 1단계가 된다. 즉, 자기 이해로 돌아오는 것이다. 문제 해결의 출발점이자 제자리로 돌아오는 것이다.

결혼 생활을 하는 부부들을 보자. 서로 고쳐 써보려고 애쓰지 않는가. 그러다가 세월이 지나면 어느 시점부터는 지쳐서 어떻게 해보려고 하기보다는 그저 있는 그대로 봐주는 경지에 이르게 된다. 이 정도만 돼도 성숙한 관계라 할 수 있다. 거기서 더 나아가면 서로 닮아가거나 심지어는 부분적으로 상대방의 성향으로 바뀌기도 한다.

즉, 4단계를 어줍잖게 시도해 보다가 좌절을 겪고, 1단계의 리더십으로 가서 자기 이해를 하고, 2단계로 가 타인을 이해하고자 애를 쓰게 되는 것이다. 그러다 보니 자연스럽게 3단계로 가서 자기를 조절해 볼 수 있는 역량이 생기는 것이다. 가장 이상적인 4단계는 상대방이 나도 바뀌고 싶으니 도와달라고 하면 가능한 일이다.

직장에선 어떤가? 처음에 같이 일할 때는 나와 달라도 너무 다른 성향의 사람들이 불편하였을 것이다. 나와 성향이 완전 반대인 사람은 사실상 긴 안목으로 보면, 나의 부족함을 보완해 줄 수 있는 사람임에도 처음엔 그게 안 보인다. '어쩜 나랑 이렇게 다르지.' 하며 그저 편치 않을 뿐이다. 하지만 오랫동안 같이 있다 보면, 그 다름이 이해로 바뀌는 경험을 하게 된다. '원래 저 사람은 저런 사람이니까!' 라고. 그리고 나아가 보다 효율적인 협업도 가능해진다. 물론 더 이상 안 봐도 될 때까지 도저히 이해하기 어려운 사람도 있다. 그런 경우는 어쩔 수 없다. 어떻게 내 머리로 다 이해하고 살 수 있는가. 이해할 수 있는 사람만 이해하고 살아도 머리 아픈 세상에서.

우린 대체로 다 본성대로 살고 있다. 자신이 자각을 하며 살든, 자각 못하며 살든 간에 본성대로 살아왔고 또 그렇게 살아가고 있으며 앞으로도 그렇게 살아갈 것이다. 한마디로 본성대로만 살아도 된다. 본성대로 못 살 것이 무엇이 있겠는가. 다만 자신의 본성이 어떤지를 잘 아는 것이 중요하고, 그 본성을 잘 가꾸어 좀 더 진화시키면 되는 것이다.

사회생활에서 여러 가지 부침을 겪다 보니 자신의 성격을 꼭 바꾸고 싶은 사람이 있었다. 사람들은 자기를 외향적이라고 보는데, 사실 자신의 본성은 조용히 혼자 있길 좋아하는 내성적인 성향이었다. 그런데 어디선가 성격은 후천적으로 형성된 것이라는 이야기를 듣고 뛸듯이 기뻐했다, 그 이유는 무엇 때문이었을까? 바로 변화와 성장의 가능성이 있다는 얘기였기 때문이다. 내성적인 성향이지만, 사회적 상황과 조건에 따라 후천적으로 외향성을 띠게 된 것이 내성적인 성향을 발전시킨 본성의 힘이었던 것이다. 그러면 이 사람은 내성적인 성향이라고 하더라도 이전과는 다른 차원이 된다. 즉, 외향적일 수 있는 가변성을 내포한 내성적 성향이 된 것이다. 따라서 사회생활의 부침 때문에 자신의 본성을 벗어나 성격을 완전히 바꿀 필요와 부담까진 느끼지 않아도 되는 것이다. 필요에 따라 외향성을 발휘하다가 그 필요가 사라지면 상황과 시간, 공간대에선 자신이 편한 본성대로 살면 되는 것이기에.

사람들은 대부분 자신의 본래 성격과 사회생활 속에서 드러나는 자신의 성향의 차이로 인해 크고 작은 인지부조화를 겪게 된다. '현재의 나'와 '되고 싶은 나' 사이의 간극이 클수록 그 사람의 삶은 수많은 도전으로 그 갭을 메워야 한다. 하지만 본성대로만 산다는 의미를 적용해 본다면, 그 간극을 두고 괴로워하기보다는 현재의 나를 계속 변화, 성장시켜 본성을 진화하는 것이 더 정신건강에 좋을 수 있다.

아무튼 본성대로만 살아도 좋다. 그리고 그 본성이 어떤 면면을 갖추었는지 충분히 알 수 있다면 더 좋다. 왜냐하면 사람은 평생 살아도 자신의 본성을 다 모르고 이 세상을 떠날 가능성이 크기 때문이다. 자신이 가진 잠재력의

5%도 다 못 쓰고 죽는다고 하지 않는가. 이 때문에 나는 이런 본성을 가진 사람이라고 스스로 제한을 하고 한계를 두지 말아야 한다. 그런데 가만히 관찰해 보면, 우린 하루에도 얼마나 많은 시간을 할애하여 스스로를 생각으로 제한하고, 상상으로 자신의 한계를 선 긋는지 모른다. 그것도 은근히 스며드는 부정적인 이미지로. 이 그림만 바꿔도 삶이 달라질 수 있음에도. 언제 어떤 상황에서 내가 또 다른 본성을 발휘할 줄 모르지 않는가! 오륙십 세가 되어도, 칠팔십 세가 넘어도 그동안 살아오면서 자신이 몰랐거나 잊고 있었던 본성을 찾거나 재발견할 수도 있다. 그러니 자신과 타인의 본성 탐구에 대한 관심과 호기심의 불을 끄지 말고 열린 사고로 살아보자. 유연하면 더 좋다. 본성의 요구대로 살 수 있을 때 나도 모르게 '이렇게 행복해도 되나?' 싶어질 수 있다. 행복해져도 된다. 그것이 만물의 이치이고, 우리가 살아가는 이 세상과 우주의 근원적인 뜻이기도 하다. 본성의 요구대로 사는 삶이 얼마나 편하고 자유롭겠는가. 다만 그 과정에서 조금만 더 욕심을 낸다면, 결국 자신이 지니고 있는 본성을 조금만 더 진화시킬 수

있다면, 더불어 사는 세상에서 그 외에 무엇이 더 중요하겠는가. 그걸로 인생은 게임 끝나는 거다.

02

회상 1 _ 내가 빛났던 순간들

돌아보면 누구나 각자 빛났던 순간들이 있을 것이다. 여기서 빛났던 순간들은 시간적 개념을 일컫는 것이고, 또 다른 각도에서 보자면 빛났던 공간들이다.

언제였는가? 어디서였는가? 잠시 차분하게 지나온 삶을 돌아보자. 때론 구름에 가려 보이지 않는 날도 있지만, 어두운 밤하늘의 별도 매일 다르게 떠서 빛나지 않는가? 다른 사람의 시선과 관점에서 생각하지 말고 오롯이 내가 기억하는 한 스스로가 빛났다고 생각되는 순간들이 어떤 형태로든 분명히 있다. 그 순간들을 가만히 떠올려보고 아래의 칸에 생각과 마음이 가는 대로 메모해 보자.

내가 빛났던 순간들(공간들)

1. _____

2. _____

3. _____

4. _____

5. _____

6. _____

7. _____

자, 이제 자신이 쓴 내용을 쭉 훑어보자. 뭔가 공통점이 있
을 것이다. 가령 '수치(숫자)'로 빛났던 순간도 있을 것이고,

수치로는 입증하기 어렵지만 '가치'로 빛났던 순간들도 있을 것이다. 어떤가? 자신이 어떤 사람이었는지 알 수 있겠는가? 여기서 중요한 건 '어 내가 이런 적도 있었구나!' 하는 깨달음이다. 그렇다. 당신은 그런 사람이었다. 지금은 그때의 그 강점과 좋은 본성이 퇴색했는지 모르겠지만, 그 순간들만큼은 멋지고 빛나던 본성을 잘 발휘하고 있었다는 것만은 분명한 사실이다.

아직 실감이 나지 않는가? 다시 가만히 들여다보라. 어떤 좋은 성격적 특성들이 있었는지 찬찬히 살펴보고 할 수 있다면 분석해 보라.

대표적으로 한 가지만 분석의 틀을 제시해 보겠다.

일과 관계가 딱히 분리되는 것은 아니지만, 그래도 대체적으로 '일'에서 빛났던 순간들이 더 많은가? '관계'에서 빛났던 순간들이 많은가?

일적인 측면이 많았다면 성과나 실적이 중요한 수치였을 것이고, 관계적인 측면이 많았다면 자신의 존재가치로 다른 사람들의 만족도를 높이거나 타인에게 잘했을 가능성이 크다.

일에서도 더 파고 들어보면 목표와 계획을 철저하게 세워서 결과를 성취했을 수도 있고, 그 일을 해야 하는 상황이니까 했을 뿐인데, 그 과정에서 최선을 다하다 보니 결과적으로 좋은 실적이 나왔을 수도 있다. 관계에서도 자신이 한 일련의 행동들로 인해 주위 사람들이 좋아했을 것이다.

내가 빛났던 순간의 본성들을 돌아보니 어떤가? 지금도 그 성격적 특징들을 난 잘 유지하고 있는가? 어떤 면에서는 잘 유지되고 더 발전된 것이 있을 테지만, 어떤 면은 오히려 그 때가 최고의 정점을 찍었던 순간들도 있지 않은가? 내 인생에서 저랬던 적이 있었구나, 또는 오히려 어렸을 때가 지금의 나보다 더 훨씬 지혜롭고 실속 있었던 것 같은데 싶은 구석은 없는가?

그렇다면 그때의 난 어디로 갔을까? 물론 어디로 가버린 건
아니다. 다 내 본성 안에 내재돼 있을 뿐. 이제부터 빛났던
그 본성을 다시 꺼내 잘 닦아서 쓰면 될 뿐이다. 내 안에 있
던 것이었으므로.

내가 빛났던 때로 다 돌아갈 수는 없지만, 그때 내가 했던
좋은 성격적 특징들은 여전히 유효하다. 그리고 내가 무엇
에 민감한 사람인지도 알게 해준다. 이루고 싶거나 하고 싶
은 것이 있으면 꼭 해내는 사람인지, 개인의 소확행이 중요
한 사람인지, 사회적 인정이 중요한 사람인지, 경제적 자유
가 중요한 사람인지, 타인에게 유익을 주는 것이 삶의 보람
이자 행복인 사람인지 등등 어떤 성격적 특성이 도드라지게
보이는가? 그 특성을 지금 살고 있는 내 삶과 대입해 본다면
더 잘하고 싶은 일이나 끝내 이루고 싶은 일에 어떻게 접목
할 수 있을지 한 줄기 빛처럼 영감과 지혜를 가져다줄 수도
있다. 그때처럼 잘할 수 있다. 가변적인 삶 속에서 목표만
바뀌었을 뿐. 내 본성이 어디로 간 것은 아니므로. 그리고
가장 빛났던 순간들 이후의 내 삶도 여전히 어떤 형태로든

빛나고 있다는 사실을 기억한다면. 잠시 기억 속에 묻어둬 깜빡하고 살아왔던 탁월한 내 본성들을 난 아직 다시 꺼내 쓰지 못했을 뿐이다. 묵은 먼지를 털어내고 새것을 만드는 기분으로 내 본성을 리셋해 보자. 본성은 죽지 않았고 계속된다. 그사이 더 깊어지고 단단해졌음을 믿어보자. 여전히 꿈꿀 수 있고, 이 세상에 존재하는 한 계속 시도해 볼 수 있으며, 좋은 결과라는 달콤한 과실을 맛볼 수 있는 기회 또한 있다. 포기하지 않는 한.

03

회상 2 _ 내가 고통스러웠던 순간들

살아오면서 고통스러웠던 순간들이 있을 것이다. 떠올리기도 싫고 직면하기란 더더욱 힘들 수 있다. 그래도 지금 이 순간 만큼은 개인적으로 다소 뼈저린 회고가 필요하다. 그래야 앞으로의 실수를 줄이고 성장이 가능하다. 다만 그냥 떠올리자는 것이 아니다. 두 가지 프레임을 제시해 보겠다. 첫 번째는 그러한 고통에 이르게 된 원인을 되짚어 보는 것이다. 두 번째는 결과와 교훈을 정리해 보는 것이다.

아주 오래전 어떤 책에서 읽었던 내용인데, 책 제목과 저자가 기억나지 않지만 대략 이런 내용이었다. 사람들에게 가장 힘들었던 순간이 언제였는지 떠올려 보라고 했더니, 힘들었던 순간과 함께 그 이후로 자신이 어떻게 더 성장하고 성숙해졌는지, 그리고 행복의 의미를 재구성하게 되었는지를 말하더라는 것이었다. 그래서 인터뷰 제목이 '인생의 의미를 가장 잘 알게 되거나 행복했었던 순간이 언제였나?'는 질문과 같아졌다는 것이다. 이것이 인생이다. 폭풍같이 몰아치는 고통과 불행의 한가운데에서도 사람은 아픈 만큼 성숙해지고, 삶의 의미를 찾아내며, 일상의 소소한 행복이 결국 다름 아닌 무엇인지를 깨닫게 된다는 것이다.

이제 준비가 되었는가? 조용히 그리고 가만히 자신과 한번 직면해 보자.

내가 고통스러웠던 순간들(공간들)

1.

2.

3.

4.

5.

6.

7.

나의 경우는 고통스러웠던 순간들을 정리해 보니, 가장 빛
났던 순간들에선 다양해서 보이지 않았던 키워드 하나가 명
료하게 떠올랐다. 바로 '욕구와 감정의 절제'라는 단어였다.
이것이 잘 안되다 보니 시간과 인간관계, 돈 등 전반에서 나
름 고통이 컸다. 상대적으로 자신이 욕망하는 것이 큰 탓도
있었다. 즉, 애당초 욕망하는 것이 적었다면 절제해야 할 것
도 상대적으로 줄어들었을 것이므로 고생을 덜 할 수 있었

을까? 지금 돌이켜 보면 마음을 비우고 많은 욕구들을 더 내려놓았다면 좋았을 것 같다. 하지만 늘 머리로는 그렇게 살고 싶었지만, 가슴은 절대 그러한 것들을 허락하지 않았으니, 그야말로 인지부조화의 결정체로 살았던 것이다. 그렇다고 욕망을 줄이는 것이 꼭 좋은 일이었을까? 애석하게도 난 아직도 욕망하며 살고 있고 또 그렇게 살고자 한다. 왜냐하면 욕망이 내겐 삶의 불타는 의욕이므로.

생전에 아버지는 같이 살던 딸에게 어느 날 출근길에 무심히 한마디 툭 건네셨다.

　'빚이 생명줄이다.'

갖고 싶고, 쓰고 싶은 욕망을 대가로 얻은 빚이 나와 가족의 삶을 지탱시켜 주는 생명줄이라니.
그땐 그 말씀이 너무 허황되게 다가왔다. 돈으로 인한 고통스런 현실이 나를 압도하고 있었으므로 귀에 하나도 들어오지 않았다. 하지만 무서운 줄 모르고 척척 내다 썼던 빚은

갚아야 하는 것이기에 나를 더 치열하게 일하지 않을 수 없게 만들었고, 결국 아버지의 말씀대로 한시도 일을 손에 놓지 않고 어떻게든 계속 이어 나가게 만든 삶의 중요한 원동력이 되었다.

그 덕에 그만큼 사회생활의 경력도 쌓이게 되고, 어떻게든 버틸 수 있는 힘도 생겼다.

소비 욕구든, 타인에 대한 과잉 친절이든 어쨌든 하고 싶은 대로 한 탓에 감정을 잘 절제하지 못한 것이야말로 내가 고통스런 상황들에 놓이게 된 주요 원인이었다. '욕구와 감정의 절제'는 내 삶을 관통하는 중요한 화두였다. 시간을 잘 관리하지 못해 일을 미루거나 지각하고, 감정을 잘 관리하지 못해 사람들과 다투거나 과잉 친절을 베풀어 화를 당하고, 돈을 나름 잘 벌긴 했지만 관리를 못해 빚을 지고, 다 욕구와 감정을 잘 절제하지 못한 것이 원인으로 작용해 빚어진 결과였다. 그럼 이러한 나의 본성에 대한 교훈은 무엇이었을까? 고통 속에서 얻은 뼈저린 교훈이라 그런지 남다른 느낌이다. 즉, 사람을 대할 땐 온정주의가 아닌, 무미건조한 태도가 때론 합리적이라는 사실을. 문제해결의 방식도 감정적인 앵그리 파이터가 아니라 끝까지 냉철하게 논리적이고 합리적인 대화로 풀어나가야 한다는 것을. 그리고 돈으로 인한 경제적 자유의 소중함을 알게 돼 부자가 될 명확한 꿈과 목표가 생기게 되었음을. 나름 멋지지 않은가? 게다가 겸손하기가 힘든 내 스타일상 그래도 교만과 미숙, 자의식의 팽창이라는 거품도 그나마 빠진 것은 덤이다.

고통스러웠던 순간들에서 중요한 것은 원인을 알고 결과에서 교훈을 찾는 것이다. 앞으로 일어날 일의 결과를 바꾸고 싶으면 원인을 바꾸면 된다. 고통의 핵심 원인이 된 나의 본성을 잘 간파하고, 미숙했던 그 본성을 어떻게 성숙한 모습으로 잘 끌어올려야 하는지 원인과 결과에서 교훈이라는 보물을 찾자. 그리할 때 탁해 보이는 물속에서도 고고하게 피어나는 연꽃처럼 향기로운 삶을 살아갈 수 있다.

04

구상 1_ 더 잘하고 싶은 일

내가 가장 빛났던 순간과 고통스러웠던 순간들의 터널을 지나왔다. 이 터널을 관통하는 가운데 나의 본성은 재발견되거나, 이제 변화와 성장의 시기를 기다리고 있다.

지금 하고 있는 일에서 더 잘하고 싶은 일이 있는가?

더 잘하고 싶은 일

1. --

2. --

3.
_____

4.
_____

5.
_____

6.
_____

7.
_____

내가 잘할 수 있는 일의 목록만 작성해 봐도 꿈이 보이고, 구체적인 목표가 손에 잡힐 것이다.

이 중 한 가지만 실현돼도 행복지수는 열 배 상승할 것이다. 따라서 내가 잘할 수 있는 일이 여러 가지가 있을 수 있겠으나, 크게 현재 하고 있는 일과 취미로 나누어 볼 때 주된 일에 우선 집중해 보자. 그 일 중에서도 다른 일까지 다 포괄할 수 있는 가장 본질적이고 의미가 큰 일 한 가지만 꼽아보자.

이제 선택했는가? 자, 이제 그 일을 잘하려면 어떤 성격적 특성이 필요한가 생각해보자. 가깝게는 앞서 해봤던 내가 가장 빛났던 순간들에서 영감과 지혜를 얻었던 내 본성과 내가 고통스러웠던 순간들에서 얻은 교훈들을 떠올려 보자. 가령 나의 경우는 책 쓰기가 더 잘하고 싶은 일이다. 그러면 내가 가장 빛났던 순간들에서 발견했던 본성의 재발견은 '무언가를 꼭 해내야 하겠다는 결심(목표 설정)'이 가장 우선이었다. 그리고 그 결심에 따른 '철저한 준비'였고, 지루했지만 '혼자 계획을 세워 꾸준히 해나간 것'이었다. 또 예측 불허의 상황에서 많은 경우의 수를 놓고 '끝까지 긴장을 놓치지 않고 최선을 다하기'였다. 고통스러웠던 순간들에서 얻은 교훈은 '욕구와 감정의 절제'였는데, 이것이 가장 만만치 않다. 놀고 싶은 욕구는 충동적인 감정과 항상 쌍으로 붙어 다녀서 이를 절제하기란 궁극적으로 불가능한 일이 아닌가 싶다. 하지만 책을 쓰겠다는 굳은 결심을 한 이상 철저한 준비를 하는 과정에서 조금 변화가 일어날 것이고, 지루하지만 혼자 계획을 세워 꾸준히 그리고 끝까지 긴장을 놓치지 않고 최선을 다한다면 욕구와 감정의 절제는 자연스럽게

따라올 것이다. 이 책이 잘 출판된 것만으로도 성공의 징표
는 확실하지 않겠는가.

이런 것이 바로 더 잘하고 싶은 일을 잘할 수 있게 해주는
비결이다, 비법이 다른 데 있지 않다. 오롯이 자신의 본성을
탐구해 볼 때 스스로 실천적 해답을 건져 올릴 수 있다. 자
신의 삶에 대해 성격적 통찰과 희로애락의 경험으로 찾아낸
지혜이므로 자존감과 자신감도 배가 될 수 있다. 다른 사람
들의 애정 어린 조언이 고맙긴 하지만 딱히 필요치 않다. 일
단 내가 시도할 수 있는 힘이 있으므로. 조언과 충고는 그다
음이다.

자신이 가장 빛났던 순간들의 본성을 신뢰하자. 난 그렇게
할 수 있었던 사람이었다. 그리고 자신이 가장 고통스러웠
던 순간들의 본성도 받아들이자. 그 아픈 순간들이 있었기
에 난 인생을 배웠으며, 사람 공부를 할 수 있었다. 그래서
더 훌륭하고 멋진 삶의 계획들을 세울 수 있었다.

이 두 가지가 절묘하게 잘 결합될 때 내가 더 잘하고 싶은 일은 눈앞에 한층 더 가까이 와 있을 것이다. 그리고 어느 순간 잘하고 있는 나를 발견하게 될 것이다.

구상 2 _ 끝내 이루고 싶은 일

끝내 이루고 싶은 일은 좀 더 근원적이고 본질적이다. 그리고 자신이 인생에서 가장 우선순위로 삼으며 궁극적으로 하고 싶은 일이기도 하다. 끝내 이루고 싶은 일이 무엇인가?

끝내 이루고 싶은 일

1.

2.

3.

끝내 이루고 싶은 일은 사실 압축적일 수밖에 없다. 나의 경우는 세월이 지나도 내가 쓴 책이 사람들에게 여전히 읽히는 고전이나 스테디셀러가 되었으면 좋겠다. 그리고 내가 쓴 책으로 인간 본성의 진화를 이루어 나가며, 의식 혁명으로 교육의 변화와 수준 높은 정치문화를 갖춘 우리 사회가 되었으면 좋겠다.

이렇게 끝내 이루고 싶은 일을 하려면 무엇이 필요할까? 과연 단 한 번의 첫 출간으로 단박에 후세에까지 읽힐 수 있는 책을 쓸 수 있을까? 그리고 책 한 권 출간했다고 해서 인간 본성의 진화가 의식혁명으로 전환될 수 있을 것이며, 가장 변화가 더딘 교육과 낙후된 정치분야가 갑자기 수준이 높아질 수 있을까? 애당초 불가능한 이야기이다.

그럼에도 시도해야 한다. 내가 끝내 이루지 못하더라도 계속 이어질 수 있게. 차원을 높여가면서 더 나아지도록, 끝내 이루고 싶은 일은 사실 씨앗을 심는 일과도 일맥상통한다고 볼 수도 있다. 내가 끝내 이루고 싶은 일이 누군가에게는 이 제 막 발아하는 새싹의 거름 역할을 할 수도 있으므로.

어쨌든 지금 현재 내가 끝내 이루고 싶은 일은 내 인생의 가 장 핵심적인 사명이 될 수밖에 없다. 그 일을 하기 위해 다 양한 방법들이 있을 수 있음을 알자. 책 한 권으로 시민의식 과 정치문화를 당장에 바꿀 수는 없지만, 나 하나의 실천적 행동이 나비효과를 일으켜 지구를 구할 수 있는 단초가 될 수도 있다. 꼭 이렇게 거창하게가 아니더라도 내가 이루고 싶은 일은 우선 나를 위한 것이다. 즉, 내 본성의 욕구를 따 르는 일이고, 자신이 하고 싶어 하는 일이라는 의미이다. 내 가 끝내 이루고 싶은 일인 인간 본성의 진화와 의식 혁명이 라는 차원에서 그 일의 제1 대상은 바로 나이다.

시간관리 기법을 말할 때 가장 중요하게 꼽는 요소가 '중요 도'이다. 하지만 사람들은 중요하진 않지만 급한 일을 먼저 처리하는 경향이 있다. 그리고 중요하지도, 급하지도 않은 일로 시간을 소비하면서 급하지 않지만 중요한 일, 급하면서 중요한 일은 그 부담 때문인지 나중엔 결국 할 수 있을 것이라는 기대심리와 회피심리로 심리적 방어기제를 작동하면서 지연시키는 경향이 있다.

그래서 급하진 않지만 중요한 일을 결국 언제 하게 될까? 끝내 이루고 싶은 일이 있는데 끝내 미루다가 자존감도, 행복도 그사이 같이 미뤄지게 되는 것은 아닐까? 그러므로 중요한 일을 우선적으로 하라는 것은 중·장기적으로 봤을 때 가장 염두에 두고 하라는 또 다른 의미로 해석해 볼 수도 있다.

이를 위해선 지금부턴 끝내 이루고 싶은 일을 할 수 있는 역플래닝 기법이 필요하다.
종내 원하는 모습을 확실한 이미지로 콜라주해 보고 거슬러 내려오면서 시간대를 붙여보는 것이다. 구체적일수록 각인효과는 커질 것이다.

사람에게 있어 시간조망이라는 것은 단기간의 경우 아주 자세한 것까지 내다보고 계획할 수 있으나, 멀리까지 본다는 것은 힘들다. 하지만 뇌과학자들이 말하기를 우리의 잠재의식은 단기간과 장기간을, 현실과 상상을 구별하지 못한다고 한다. 그래서 끝내 이루고 싶은 일을 하기 위해서는 이 원리를 이용하는 것이다. 오감을 동원해 뇌리에 각인시킨다면 우리의 잠재의식은 그 프로세스대로 가동될 것이다.

스스로에게 각인한 후엔 끝내 이루고 싶은 일을 위해 날마다 조금씩 하루의 일부를 떼내 저축하듯 효율적으로 살아가다 보면 결국 목돈처럼 돌려받을 것이다. 우리 내면에 잠재된 가능성을 실현하고자 하는 욕망은 인간의 본성이다. 진실한 마음으로 끝내 이루고 싶은 일을 잘 계획하고 실천해 원하는 사람이 되는 길이야말로 성공이고, 이 길은 끝내 자신과 다른 사람에게 더 많은 유익을 줄 수 있는 지름길이다.

06

삶의 우선 순위와 목표 점검

이제 정리를 해보자. 지금까지도 나름대로 그럭저럭 잘 살아왔다고 해도 이제부터 더 나은 삶을 살 수 있는 인생 목표를 만들어 보자. 아직까지 막연한 꿈만 있어도 좋고, 이미 확고한 목표가 있다면 더 좋다. 종이 한 장을 꺼내 먼저 자신이 삶에서 바라는 것들을 머릿속에서 떠오르는 대로 써보자. 그중에 꼭 이루어지길 바라는 인생 목표 한 가지를 정해 보자. 인생 목표를 정했으면, 그것을 이루기 위해 필요한 것들을 적어보자. 가령 부자가 되길 원한다면, 우선할 수 있는 것부터 나중에 할 수 있는 것까지 무엇을 어떻게 해야 할지 자신만의 방법을 자세히 써보자. 적어도 8개의 목록을 만들어 보자.

필요하면 다음의 원에다가 8개를 각각 적어보자. 그리고 8개 각각에 현재 시점에서 자신이 중요하다고 생각하는 대로 순서를 매겨보자. 가령 나의 경우 8가지 목록 중 우선순위를 매겨보면 다음과 같다. 독서 및 연구(공부), 책 쓰기, 라이프 코칭회사 창업, SNS 하기, 마케팅, 강연, 방송, 자산관리 및 재테크인데, 이렇게 우선순위를 매긴 이유는 시간적 흐름을 감안했기 때문이다. 수치가 필요하다면 각 목록에다 1부터 10까지 중 각각 점수를 부여해 보자. 현재의 만족도로 점수를 부여해보면 우선순위가 드러난다.

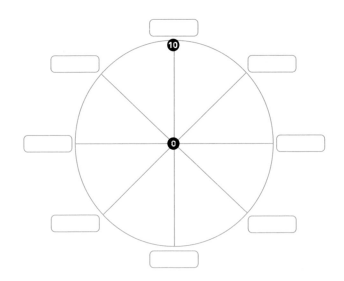

이제 무엇에 집중해야 할지 자기 삶의 목표가 드러났는가? 여기까지만 정리되어도 어느 정도 삶의 우선순위와 목표가 설정될 것이다. 왜냐하면 중요한 이 목표에 따라 나머지도 자동 정렬될 수 있기 때문이다. 그렇다면 이젠 각각의 목표에 구체적인 계획을 채워 넣어 보자. 한 가지 세부목표에 대한 구체적 계획은 여러 개가 나올 수도 있다.

가령 독서 및 연구(공부)를 보면 무슨 책을 언제까지 어떻게 읽어야 할지, 독서가 아닌 다른 연구(공부) 방법은 어떻게 할 것인지 계획을 세울 수 있다. 구체적인 계획으로는 읽어야 할 도서 목록을 정리할 수도 있고, 도서관에 가서 빌려 올 것인지(대출), 직접 가서 볼 것인지(열람), 소장하고 싶은 책이나 도서관에 없는 책은 서점에서 구매할 것인지 등을 할 수 있다. 그리고 독서 방법은 메모를 해가며 볼 것인지, 서평을 읽어볼 것인지 등을 결정할 수도 있다. 그리고 독서가 아닌 자료들은 무엇을 어떻게 연구(공부)하면 좋은지도 계획해 볼 수 있겠다.

책 쓰기도 구체적인 계획을 세우면 원고를 언제까지 완성하고, 언제 출간기획서를 만들며, 어느 시기에 출판 계약을 할 것인지로 구체적인 계획을 세울 수 있다. 라이프코칭회사 창업은 사무실 구하기(공유 오피스), 사업자 등록하기, 인터넷에 회사 홍보 사이트 만들기로 구체적 계획을 세울 수 있고, SNS 하기의 경우는 인스타그램, 숏 폼 만들기, 유튜브, 블로그 개설 등이 있을 수 있겠다.

여기서 중요한 점은 지금까지 살아오면서 자신이 해봤던 일도 있지만, 시도해 보지 않은 일도 포함된다는 것이다. 자신이 해봤던 일은 강점일 것이다. 그러나 해보지 않았던 일의 경우 중요도는 알지만, 구체적인 행동으로까지 연결되기 어려운 일들일 수 있다. 나의 경우에 해봤던 일은 독서 및 연구(공부), 코칭회사 창업, 강연이고, 확실하게 해보지 않았던 일은 책 쓰기, SNS 하기, 마케팅, 방송, 자산관리 및 재테크이다.

해봤던 일(독서 및 연구, 코칭회사 창업, 강연)에서 나의 성격적 강점을 꼽아보면 아이디어 내기, 콘텐츠 만들기, 일단 시작하기, 사람들과 소통하기 정도를 추출해 볼 수 있다. 그렇다면 해보지 않았던 일(책 쓰기, SNS 하기, 마케팅, 방송, 자산관리 및 재테크)에서 필요한 성격적 강점은 무엇일까? 우선 대충 생각해봐도 '꾸준함', '평정심', '숫자와 가까워지기' 정도를 꼽을 수 있다. 그날그날 상태에 따라 컨디션이 너울대거나 기분이 좋고 의욕이 충만할 땐 하고, 저조할 땐 하지 않는다면 폭삭 망할 확률이 아주 크다고 할 수 있다. 즉, 크고 작은 일이 생기더라도 감정적으로 영향받지 않고 뭔가를 규칙적으로 꾸준하게 해내지 않으면 안 되는 일들이다. 또 일의 진행 정도나 결과를 가시적으로 파악할 수 있어야 하고, 이를 구체적으로 수치화할 수 있어야 성과가 나게 되는 것들이다.

어떤가? 거창하고 대단한 것이 아니지 않은가? 여러 가지 다양한 자기계발서를 읽는 것도 좋고, 다른 사람의 조언도 내 인생 목표를 이루는 데 도움이 되지만, 스스로 자신의 성격과 본성을 통찰해서 성장할 수 있는 지점을 파악한다면, 행동할 수 있는 에너지는 더욱 강력해진다. 자신에게서 답을 구해 보자.

그런데 이와 같은 성과를 달성하려면, 어떤 것은 평소 하던 대로 자신의 강점을 살려서 하면 되지만, 또 어떤 일은 자신의 평소 성향과는 정반대로 해야 할 수도 있다. 그것이 쉬울까? 일을 미루다가 마감에 쫓겨야 초인적인 에너지가 생기는 성향인데, 스스로 마감을 자주 정하고 감정적 동요 없이 뭔가를 규칙적으로 그것도 꾸준하게, 심지어는 숫자와 친하게 지내면서 일을 한다는 것이 가능할까?

여기서 잠깐! 사람은 태생적으로 자신이 세운 목표를 달성하는 데서 행복과 만족감을 느끼는 존재라는 점을 상기해 보자. 지금까지 살아오면서 그런 성격으로 살지 않았지만, 인생 목표가 주어지고 그에 맞는 성향이 필요한 상황이라면, 사람은 누구나 성장모드로 진화할 수 있다. 하기 싫어도 할 때가 많은데, 하물며 하고 싶은 일에 행동하지 않을 이유가 있을까. 목표와 방향이 뇌리에 각인만 된다면, 나도 모르게 어느새 행동하고 있는 자신을 보게 될 것이다.

성과를
원하는가?
자신의 성격스타일을
제3의 본성으로
리메이크하라

Remake
Me

성격을 하루아침에
만들어 내라는 것이 아니다.
그렇게 할 수도 없다.
다만 지금의 나는 내가 만든 것이다,
따라서 자신을 지배하는
믿음과 가치를 밝혀낸다면 스스로를
재설계할 수 있다.

01

원하는 성과가 무엇인가?

원하는 것과 필요한 것이 있다. 비슷한 뜻 같지만, 뉘앙스가 살짝 다르다. 원하는 것은 꼭 필요하진 않아도 있었으면 하는 것까지 포함되는 것이고, 필요한 것은 없으면 불편한 것이다. 따라서 '원하는' 성과는 필요의 범위를 넘어서는 것이다.

일, 가족, 건강, 인간관계, 돈, 여가생활, 마음의 평화 등에서 어떤 성과를 원하는가?

앞 장에서 우리는 자기 삶의 우선순위와 핵심 목표에 대해 살펴보았다. 그렇다면 각 영역에서 저마다 성과를 거두면 좋겠지만, 한꺼번에 나란히 나아가기란 현실적으로 어려우므로 우선 어떤 영역에서 확실한 성과를 원하는지 살펴보아야 한다. 가령 재정적인 측면에서 성과를 원한다면, 다른 영역에서도 동반상승의 효과를 불러올 수 있다. 우리 삶이라는 것이 빵을 조각내듯 다 분리되는 것이 아니라 모두가 다 조금씩 다 연동되어 있기 때문에, 어느 한 영역에서 한 가지라도 확실히 성과를 거둔다면, 단연코 그 삶은 이전과는 확 달라질 것이다. 부디 경험해 보길 바란다.

그렇다면 자신의 삶에서 무엇이 어떻게 달라졌으면 좋겠는가? 어떤 부분에서 성과를 거두고 싶은가? 이때 성과는 추상적인 개념보다는 구체적인 수치로 측정하는 것이 보다 현실 가능성을 높일 수 있을 것이다. 그동안 숫자에 약했다면 이번 기회에 제3의 본성에 포함시켜서 한번 계발해 보자.

지금의 삶도 그다지 나쁘지 않은데 딱히 원하는 성과가 있나 싶은 사람도 있을 것이다. 그런 상황이 아니라면 조금은 진지하고 치열하게 내가 원하는 성과가 무엇인지를 좀 생각해봐야 한다. 그렇지 않다면 상상하지 못한 삶을 살게 될 확률이 더 많으니까. 부족하고 아쉬운 것이 있다면 더더욱 그렇다. 부족하고 아쉬워하는 영역에서 지금의 자기 모습만 보더라도 자신이 이렇게 살고 있으리라고 상상한 적이 있는가? 이렇게 살고 있을 거라고 과거에 상상해 보았는가 말이다. 그러니까 자신의 미래를 상상해 보지 않는다면 상상하지도 못한 삶을 계속 살 수 있다. 어쨌든 가급적이면 앞으로는 상상하지 못한 삶, 상상하기도 싫은 삶만큼은 피해야 할 것 아닌가.

시간을 내다보는 능력을 시간조망이라고 한다. 시간조망은 미로공원 같은 곳에서 미로의 한 가운데 있으면 어디로 나가야 할지 쉬이 알기 어렵지만, 미로공원이 한눈에 보이는 전망대 위에 서 있으면 전체가 한눈에 들어와 훤히 보이는 것과 같다. 그런데 사람의 시간조망은 그 시기가 가까울수록 현실이 눈에 밟혀서 그런지 원하는 것을 대담하게 잘 그려내지 못하는 경향이 있다. 즉, 10년 뒤, 20년 뒤 조금 먼 미래의 상에 대해서는 이상적으로 잘 그리는 것과는 대조적으로. 항상 미래는 현실을 잊게 해줄 정도로 달콤하니까.

이런 시간조망 능력을 이제부터라도 자신이 부족하고 아쉬워하는 부분에서 찾아보자. 그리고 구체적으로 그림을 그려보자. 그림을 그려보지 않고 그냥 되는 대로, 살고 싶은 대로 산다면, 세월 또한 어느 순간 이만치 와 있을 것이다.

현실을 인정하기 싫지만, 어느 순간 '내가 왜 이렇게밖에 살고 있지 못하지?' 라는 현타와 회한이 찾아올 때가 있다. 나름대로 열심히 잘 살아왔다고 스스로 위안도 해보지만, 특히 다른 사람들과 비교를 해볼 때 더 그런 생각이 들 것이다. 비교하지 말라지만, 그 자체가 늘 일상에서 벌어지는 현실인데 어떻게 비교를 안 할 수 있겠는가. 다른 사람들과 비교해 보아도 부러운 것이 없고, 감정적으로도 끄떡없다면 득도의 경지에 이른 대단한 멘탈의 소유자일밖에.

자신이 부족하고 아쉬워하는 부분이 무엇인가? 어쩌다 이런 상태를 맞이하게 되었는가? 가만히 들여다보면, 이런 상황들 역시 자신의 성격적 특성에서 기인한 탓이 큼을 발견할 수 있을 것이다. 그때 내가 그것을 조금만 더했더라면, 아니 하지 않았더라면 하는 각종 상황들 말이다. 조금만 더 현실을 냉철하게 직시하고 계획을 제대로 좀 세워 자기 조절을 잘했더라면 난 이러저러한 상태가 되었을 텐데, 하는 아쉬움이 클 수도 있다.

이제라도 늦지 않았다. 늦었다고 생각할 때가 진짜 늦은 건 사실이지만, 그럼 어쩌겠는가. 늦게라도 알았으니 달라지면 될 일이다. 진짜 더 늦기 전에.

이제 자신이 가장 부족하고 아쉬워하는 영역을 찾았는가? 그 부분부터 원하는 성과를 그려보자. 사람은 타고난 본성과 주어진 환경 외에 일상 속에서 자신이 원하는 목표에 제3의 본성으로 사회적 자아를 맞춰가는 힘이 있다. 그러니까 사람인 것이다.

원하는 성과가 무엇인지 정말 간절하게 그려보자. 잠재의식 속에 분명히 각인시켜야 현실에서 그 꽃을 피울 수 있다. 그리고 구체적으로 원하는 바를 잘 그려보는 것도 중요하다. 다들 생생하게 상상하면 꿈이 이루어진다고 하는데, 어쨌든 중요한 것은 그 방향으로 분명히 간다는 것이지 않겠는가. 지금까지 부족하고 아쉬워만 했다면, 이젠 어떻게 해야 이 상황을 만회하고 더 발전시켜 나갈지, 마지막 기회라고 생각하고 임해 보자. 앞으로 5년 뒤, 10년 뒤, 20년 뒤에도 이전과 다를 바 없는 비슷한 상황 때문에 머리카락을 쥐어뜯는 모습을 상상하진 말자. 내가 상상하는 미래는 반드시 현실이 된다. 똑같진 않더라도 엇비슷하게는 꼭 된다. 왜냐하면 내 뇌와 잠재의식은 이미 그걸 입력해 놓아서 언젠가 출력할 일만 남았기 때문이다. 그리고 즐거운 사실이 있다. 원하는 성과를 그려보는 일만큼은 절대 고통스럽지 않다는 것이다. 기쁘고 행복한 일이다. 그러니 안 할 이유가 있을까? 꼭 필요한 정도를 넘어서 원하는 성과인데, 그것이 이루어지는 결과론적인 모습을 내 뇌에 시뮬레이션해 본다고 해서 누가 비웃을 것도 아니고, 나 자신은 그런 상상으로 삶의 또 다른 에너지를 찾아낼 수도 있다. 또 원하는 성과에 이르기까지 과정 과정을 조각내서 떠올려 봐도 좋다. 그 자체가 하

〈제3장〉 성과를 원하는가? 자신의 성격스타일을 제3의 본성으로 리메이크하라

고자 하는 계획일 수 있으므로.

이렇게 원하는 성과를 창출하려면 이제 어떤 본성을 더 꺼내 써야 할 건지도 구상해 보자. 그러기 전에 지금까진 어떤 본성을 꺼내 썼길래 내가 이 지경이 됐는지, 먼저 분석해 본다면 조금 더 준비된 사람이라고 해도 무색하지 않겠다.

02

성과 창출을 위해
필요한 성격적 특성을 추출하라

A라는 사업가의 이야기다. 처음 하는 창업이니만큼 사업계획을 면밀히 세웠다. 5년쯤 지나고 보니 처음에 세운 사업계획대로 거의 목표도 달성했다. 이만하면 성공했다고 볼 수도 있을 것이다. 그러나 A사업가는 자금 부족으로 폐업 직전의 상황을 맞이했다. 도대체 무엇이 문제였을까? 첫 번째 문제는 '수치'에 약한 성격 탓이었다. 사업계획대로 거의 다 실행했다는 사실 자체만으로 보면, 놀라운 사업 수완과 능력이 있었다. 하지만 애초에 세운 사업계획에 구체적으로 얼마를 벌고 얼마를 지출해서 수익률을 어떻게 관리하겠다는 목표가 없었다. 이것은 사업가로서의 기본 자질을 의심케 한 결정적인 오류인 셈이다. 그러니 아무

리 일을 열심히 했던들 막상 손에 쥐는 수익이 적다면 그 사업을 얼마나 지속할 수 있을까? A사업가의 두 번째 문제는 '자의식 과잉'인 성격 탓이었다. 초창기에 같이 일했던 동업자가 일이 잘되자 지분을 나누는 문제에 대해 확실히 해두자고 계약서를 내밀었다. 물론 그 이전에도 합의된 지분은 있었다. 이에 A사업가는 동업자가 "감히 자신을 못 믿어!"라는 생각에 격분하였고, 결국 결별을 통보하였다. 그런데 그 동업자는 수학을 전공한 '수치'에 밝은 사람이었고, 재테크에 능했던 평소 성격으로 보면 아주 냉철하게 수익률 관리를 잘할 수 있는 사람이었다.

세 번째는 불편부당한 것을 보면 감정을 절제하지 못하고 꼭 표현해야 하는 성격 탓이었다. 반드시 시시비비를 가려서 자기 성질대로 했어야 직성이 풀리는 편이었다. A사업가는 평판을 관리하거나 다음 사업기회를 생각해서 꾹 참는 스타일이 아니었던 것이다.

만약 시계를 5년 전으로 돌려서, A사업가가 다시 사업을 한다면 언제야 했을까?

수치에 약했던 성격을 보완해 줄 수 있는 동업자와 재정적 목표를 구체적으로 세우고, 수익률 관리를 점검해 가면서 일했다면. 또 과잉된 자의식을 내려놓고 자신을 열받게 하는 상황과 사람들에 대해 인내심을 갖고 냉철하게 사업적으로만 대했다면 사업에 성공했을 것이다.

하지만 그건 애초에 불가능한 일이었을 수 있다, 왜냐하면 사람은 고통을 느껴보기 전까진 자신이 정말 무엇을 잘 모르고 있었는지, 당시에 알기란 참 어렵기 때문이다. 그렇다면 희망은 없을까? 그리고 다시 비슷한 상황을 맞닥뜨린다면 어떤 방법이 가능할까? 더 나아질 수 있는 방법이 있긴 하다. 그건 자신의 이러저러한 성격 탓으로 고통을 겪어보았기 때문에, 다음엔 완벽하진 않더라도 그와 비슷한 상황에선 좀 더 오래 '인내' 할 수 있다. 그나마 희망적이지 않은가?

B라는 회사원이 있었다. B는 회사 내 성과평가에서 늘 좋지 않은 성적을 받았다. 문제는 뭐였을까? 사람은 누구나 자신

이 한 일에 대한 평가와 성과를 좋게 받길 바란다. 하지만 놀라운 점은 객관적으로 자신이 한 일과 관계없이 그렇다는 것이다. B의 성격은 겉으로는 표를 안 낸다고 생각했지만, 내적으로는 '자기를 중심으로 세상이 돌아간다.' 고 생각하는 성격 스타일이었다. 그러므로 누가 누굴 평가한다는 것이 별로 의미가 없었고, 심지어는 그 성과금도 속으로 가소로웠던 것이다. 하지만 몇 해 동안 계속 성과 평가가 저조하자 조바심이 났다. 비로소 '난 한다고 했지만, 회사 내에서 결국 이것밖에 안 되는 사람인가?' 하며 비로소 회사 내에서 자신의 위치를 돌아보게 되었다. 이쯤 되자 B도 적어도 한 번쯤은 높은 성과 평가를 받고 싶었다. 내색은 안 했지만, 땅에 떨어진 자존감을 회복하고 싶었다.

그렇다면 과연 B가 높은 성과를 받는 것이 가능할까? 아쉽게도 B는 단기간에 고성과자가 되긴 어려울 수 있다. 왜냐하면 평가를 하는 상사나 주체들이 바뀌지 않거나 지금껏 일해 왔던 스타일에서 크게 벗어나지 않는다면, 그 사이클을 반복할 확률이 크므로. 그렇다면 정말 방법은 없을까? 한 가지 확실한 것은 쓸데없는 자존심을 내려놓아야 한다는 것이다. 누가 누굴 평가하는 것이 진짜 현실이므로. 즉, '누가' 어떻게 평가하는지, 자세를 낮추고 연구해야 한다. 그래야 목표에 다가설 수 있다. 여기서 세상이 자기를 중심으로 도는 것이 아니라 자신이 다른 사람과 세상의 주위를 돌아야 한다는 코페르니쿠스적 전환을 이루어야 하는 것이다. 이것 하나만 바꿔도 회사 내에서 겸손하고 팀워크가 좋은 사람으로 거듭날 수 있다. 하지만 회사라는 곳이 경쟁의 원리가 지배하는 곳이므로, 이렇게 노력해서 어느 순간 고성과자가 되었다가도 상황과 대상이 바뀌면 다시 저성과자로 떨어질 가능성이 있다. 따라서 계속 고성과자가 되고 싶다면 제3의 본성을 계속 유지할 필요가 있을 것이다. 그럴 필요가 없다고 여겨지면, 원래 본성대로 살고 싶은 대로 된다.

여러분은 이 두 가지 사례에서 공통점을 발견했는가? 만약 발견했다면 무척 뛰어난 통찰력의 소유자일 것이다. 맞다! 바로 '목표 설정'과 그에 걸맞는 성격스타일의 재조합이다. 첫 번째 A사업가에겐 재정 목표가 취약했다. 처음 하는 창업 분야라, 그저 일이 되게 하는 것이 목표였지, 수익을 얼마나 남기고 자기 자본을 어떻게 형성해야 할지에 대해서는 무척 취약했다. 그래도 수익률에 민감하지 않았으니, 그로 인해 남 좋은 일은 많이 시켰을 것이다. 두 번째 B회사원에겐 '고성과자'가 되겠다는 목표가 부재했다. 그저 '내가 이 만큼 열심히 일했으니 남들이 알아서 평가해 주겠지.' 하는 자기 편의적인 스타일이었다. 하지만 막상 낮은 성적표를 받아 들고, 그것이 '돈'으로 환산되는 순간 정신이 번쩍 났을 것이다. 물론 그 돈조차 얼마 안 되는 것이라고 무시하는 더 강철멘탈도 있겠지만. 하지만 그런 사람도 자존심에 분명 흠집은 났을 것이다. 이제 분명히 보이는가? 성과 창출을 위해 제3의 본성으로 자신의 성격스타일을 리메이크해야 하는 이유를. 그리고 직장에서 또는 가정에서, 사회에서 자신이 바라는 삶의 핵심목표를 분명히 할 때 제3의 본성은 그 가치를 더 발휘할 수 있다는 것을.

03

내 성격과 비교 분석

요즘 트렌드처럼 화두가 되고 있는 말이 있다. '경제적 자유'라는 말이다. 이 말은 가급적이면 많은 돈을 일찌감치 벌어서 생계 때문에 돈 걱정하며 살지 않고 자신이 살고 싶은 대로 삶을 여유있게 살 수 있는 자유를 의미하는 것 같다. 많은 사람들의 로망이기도 하고.

나도 짧은 경제적 자유를 몇 달간 누려본 적이 있다. 임기제로 일했던 공직 생활을 마치고 퇴직금과 일정 기간 주는 실업급여를 바탕으로, 처음으로 몇 달은 내가 남편과 같이 일을 하지 않아도 생계를 꾸릴 수 있는 기간이 주어졌다. 일년 또는 몇 년, 아니면 평생 일을 안 해도 먹고 살 수 있는 사

<제3장> 성과를 원하는가? 자신의 성격스타일을 제3의 본성으로 리메이크하라

람들이 있겠지만, 아무튼 난 이렇게 아무것도 하지 않고 놀아 본 적이 머리에 털 나고 처음이었다. 물론 무조건 논 것은 아니지만, 어쨌든 그 몇 달만큼은 돈을 안 벌어도 버틸수 있다는 것이 너무 신기했다. 딴 세계였다. 물론 내가 맛본 것은 손톱만 한 경제적 자유였다. 이후 그 기간은 순식간에 지나가 버리고 다시 어떻게든 경제적 활동을 해야 하는순간이 곧 코앞에 닥쳐왔지만, 그 기간 동안 내가 느낀 것은 '하고 싶은 것을 할 수 있는 자유', '무엇이든 계획해 볼 수있는 여유'였다. 실낱만 한 데도 이러한 경제적 자유가 주는여유로움은 생각보다 너무 컸다. 달콤했다. 하루에 서너 시간 넘게 걸리는 출·퇴근에 시달리지 않아도 되고, 일과 인간관계에서 겪는 어처구니없는 상황과 스트레스에서도 벗어날 수 있었고, '내가 이 정도밖에 안 되나?' 싶은 자괴감에 쓸쓸해하지 않아도 되었다. 무엇보다 다음 날 출근을 생각해 밤에 너무 늦게 자지 않아야 하는 강박 없이 하루를 거의 온전히 내 마음대로 설계해 쓸 수 있다는 사실이 너무 매력적이었다. 그래서 사람들이 돈을 벌어서 모아두려고 하는것인가 보다 하고 너무나 철 지난 자각이 그때서야 들었다.

성격의 재구성, Remake Me

비축해 둔 돈이야말로 변화무쌍하고 위험천만한, 이 세상에서 가장 '믿는 구석'이 될 수 있으니까

늦어도 너무 늦은 자각이었다. 그래도 이 기간 동안 내 삶에서 이루고자 하는 목표가 무엇인지, 또 원하는 성과가 무엇인지를 다시 한번 확인했다. 이젠 더 노골적으로 원하는 그 성과를 만들기 위해 필요한 성격적 특성들에는 어떤 점들이 있는지 찾아보는 중이다.

성과를 창출하기 위한 성격적 특성과 기존의 내 성격을 비교 분석해 보려면 나를 먼저 알아야 한다. 그런데 그 성격은 일반적인 성격이 아니다. 즉, 성격유형 검사 결과 같은 것이 자신의 모든 것을 말해주는 것이 절대 아니라는 점을 간과하면 안 된다. 자신이 성과를 원하는 분야에서 그동안 나는 어떤 성격적 특징을 가지고 생활했는지 좀 국한해서 파악해야 한다. 즉, 두루뭉술한 환경에서 나타나는 자신의 일반적인 성격이 아니라 성과를 원하는 분야에서 자신이 그동안 어떻게 사고하고 처신했는지를 조금은 객관적이고 냉철하

게 되돌아봐야 한다는 의미이다.

이런 점에서 나의 경우를 들어보면, 성과를 원하는 분야-다른 말로 하면 가장 아쉽고 보완이 필요한 분야-에서 나의 성격적 특성은 '근거 없는 낙관성'을 보였었다. 즉, 무조건 '잘될 거야!'라는 생각을 주로 했다는 것이다. 수많은 자기계발서에도 그렇게 나와 있었으니까. 책도 한 천여 권 정도 무지하게 많이 사서 고3 때보다 더 열심히 밤새워 공부하기도 했다. 하지만 일부는 잘됐고, 일부는 폭망했다. 최종 결과로 판단한다면 실패였다. 근거 없는 낙관성은 극한의 고통 가운데서도 자살하지 않을 중요한 이유를 만들어 주었다는 것 외엔 '일단 저지르고 보는' 특성으로 인해 가족들에게 너무 많이 대가를 치르게 했다. 나의 근거 없는 낙관성으로 인해 내가 고생하는 것은 당연한 일이지만, 죄 없는 가족들이 겪는 고통은 그 차원이 다르다. 다만 다들 가족이니까, 어떻게든 끝까지 이해하고 살아줬으니 감사할 따름이다.

그렇다면 일단 저지르고 보는 근거 없는 낙관성은 어디에서

왔을까? 사실 근거가 없는 것은 아니다. 그건 돌아가신 아버지께서 주신 가훈이니까. '될지 안 될지 생각만 하지 말고 일단 부딪혀라!' 라는 가훈! 일종의 DID(들이대) 같은 것이었다. 그런데 아버지는 아이러니하게도 이렇게 하진 않으셨던 것 같다. 돌이켜 보니 자신이 그렇게 안 되고 못 하셨으니까, 우리한테 말씀하신 건가 싶기도 하다. 어쨌든 부모님은 내가 어릴 때부터 무엇을 하든 제 할 일을 알아서 잘하는 작은딸로 여겨주셨다. 그런데 시간이 지나니 그러한 성격적 특성이 체화되고 넘친 탓에, 모든 면에서도 그렇게 적용을 해버리니 결국 탈이 나버렸다. 그것도 나이가 한참 들어서. 더 늙고 죽기 전에 알아서 다행이라는 생각을 하는 것도 근거 없는 낙관성인지 모르겠지만, 아무튼 아직은 다시 인생 실험을 해볼 여유는 분명히 있다.

그 실험의 주제는 근거 '없는' 낙관성을 근거 '있는' 낙관성으로 바꾸는 것이다. 특히 통계와 수치를 비롯해 흔들림 없는 명확한 사실이 뒷받침되는 낙관성이면 그만이다. 그러다 보면 현실을 적나라하게 직면하게 될 것이니, 어쩔 수 없이 성실하게 될 것이고, 계획적이 될 것이며, 결국엔 흔들림 없는 일관성도 보여줄 수 있을 것이다. 막연히 '잘될 것이다.'라고 생각하고 행동을 하는 나 자신이 아니라 원하는 성과를 얻으려면 구체적으로 어느 시기에 무엇을, 얼마나 어떻게 해야 하는지를 명확히 해야 전과 다른 삶을 살 수 있다. 객관적으로 수치화하여 통계로 쌓일 수 있도록. 이런 것을 30년 전, 아니 10년 전에만 알았더라도 내 삶은 확 바뀌었을 텐데....... 분하다. 이제 알아서! 요즘 젊은 친구들은 자신들보다 한 세대를 더 살아도 이렇게 어리석은 나보다도 훨씬 더 지혜로운 것 같다. 난 오십 넘어서 알게 된 것을 이십 대인 그들은 이미 실천하고 있다는 사실들이 경이로웠다.

이렇듯 성과를 원하는 영역에서 자신이 보였던 성격적 특성들이 여러 가지가 있겠지만, 그 중 대표적인 것 한 가지만 들어봐도 비교 분석이 가능하다. 과거의 나와 현재의 나가 미래의 나를 위해 서로 길고 짧음을 대봐야 하는 것이다. 길었다면 줄이고, 짧았다면 늘려서 나를 적정 수준으로 리메이크하면 원하는 성과는 분명히 선물처럼 다가올 것이다. 다른 사람들을 품평하자는 것도 아니고, 오로지 그 안에 있는 나 자신만을 대상으로 비교 분석하는 일이니, 스트레스 받을 일도 없다. 그저 덤덤하고 담백하게 이미 지나간 과거지만 그때의 나를 잠시 소환하고, 지금의 나와 대면하는 것 정도 외엔 더 에너지를 쓸 일도 없지 않은가? 찬란한 미래가 저 너머 웃으며 기다리고 있다. 어제의 내가 오늘의 나를 배웅하고 있다.

이젠 '근거 있는' 낙관성이다!

〈제3장〉 성과를 원하는가? 자신의 성격스타일을 제3의 본성으로 리메이크하라

04

어떻게 리메이크할 것인가?

영화 대본이 한 부 있다. 당신이 이 영화에 출연하기로 한 배우라면 어떤 준비를 하겠는가? 아마도 당신은 맡은 배역에 대해 캐릭터 분석을 하게 될 것이다. 흔히 배우들은 대본을 받아들면 자신이 연기할 인물에 대해 가장 먼저 하는 것이 캐릭터 연구라고 한다. 이미 줄거리가 다 나와 있고, 대본에 대사까지 다 적혀 있는데도 연기로 표현해야 할 인물의 성격적 특성을 다시 분석하고 연구하는 것이다. 그리고 필요한 부분들을 배우고, 다른 배우들과 합을 맞춰 보기도 한다. 그런데 영화가 끝나고 나서도 배우들은 계속 그 캐릭터에 머물러 있을까? 어느 정도 작품의 후폭풍은 있겠지만, 대부분 연기했던 그 인물에 계속 빠져 있을까 봐

경계할 것이다. 빨리 그 역할에서 빠져나와 본래의 자신으로 돌아오도록 노력할 것이다. 다음 작품의 준비를 위해서라도.

요즘 TV를 보면 관찰 예능, 상담 예능이 점점 많아지고 있다. 가족이 함께 살면서 각양각색의 문제점이 적나라하게 노출되는 장면들이 많다. 그런데 몇 가지 공통점이 보인다. 첫 번째는 다른 사람들도 다 나 같은 줄 안다는 것이다. 내가 이러저러한 성격인데, 가족이나 다른 사람들도 그럴 거라 여기는 것이다. 그리고 제대로 표현한 적도 없으면서 그저 알아주길 바라는 경우가 많다. 심지어는 반려동물에게조차 그러한 생각을 투사한다. 한 견주는 자기네 강아지가 혼자 있으면 외로울 거라 짐작하고, 언니네 강아지 둘과 같이 가족처럼 지내게 해주면 좋겠다고 생각해 시간을 함께 보내게 했지만, 개들끼리는 싸움판이 돼버렸다. 그래서 서로 왜 잘 지내지 못하는지, 훈련사에게 상담을 받아봤다. 그런데 훈련사의 말은 의외다. 견주가 강아지를 사람처럼 생각하면 안 된다는 것이다. 예상과는 다르게 강아지는 다른 강아지들을 좋아하거나, 별로 관심이 없다는 것이다. 누구에게 관심이 있냐면, 보호자와의 관계에 더 관심을 갖는다는 것이다. 사실 우리집도 그랬다. 강아지 한 마리를 데려왔는데, 혼자 두고 모두 밖에 나가니 얼마나 외로울까 싶어 남편이 급기야 강아지 색시를 구해 왔고, 얼마 후 새끼를 4마리나 낳아 일가를 이루었다. 그러면 낮에 사람이 없을 때 자기들끼리 일가이니 서로 의지하며 알콩달콩 살아가면 얼마나 좋을 것인가. 그런데 그렇지 않았다. 자기들끼리 있는 것도 소 닭 보듯 해서 별 소용이 없었다. 10개의 바둑알 같은 눈망울들이 오로지 나만 따라다니며 간절하게 애정을 갈구하는 것이었다.

그럼 사람과의 관계에선 어떨까? 강아지를 사람처럼 생각하듯이, 사람과의 관계에서도 늘 이런 패턴의 연속이라고 할 수 있다. 가족을 비롯한 다른 사람들도 다 나 같은 줄 알고 때때로 서운해하고 분노하는 것이다. 더 나아가서는 나 같음을 강요하기도 하면서. 그럴수록 관계는 멀어지고 좌절의 연속이 되는 것이다.

두 번째 공통점은 첫 번째와도 연동이 되는데, 대부분 네 탓 논쟁이다. 다 자기 같은 줄 아니까, 아무리 떠들어 봐야 사실 나에겐 별로 문제가 없고, 이 모든 일이 다 너 때문인 것이다.

그러다 거울에 자신들의 모습을 비춰주면, 마치 처음 보는 것처럼 '내가 저랬구나!' 하며 뒤늦은 자각을 한다. 또 상대방이 그런 생각과 마음을 가지고 있는 줄을 몰랐고. 이제야 알게 돼서 미안하다며 눈물짓는다.

이 두 가지 문제의 근본 원인을 분석해 보면, 결국 나에 대해서도, 너에 대해서도 잘 모른 채 대화와 소통이 제대로 이루어지지 않았기 때문이다.

연애를 시작하게 됐을 때를 상기해 보자. 어떤 사람에게 끌렸을 때 자신은 어떠했는가? 운명이 바뀔지 모르는 인생의 새로운 프로젝트를 앞두고 그냥 가만히 있진 않았을 것 아닌가. 자신의 몸과 마음을 잘 가꾸고자 노력하는 것은 물론, 상대방의 마음에 들고자 다양한 시도와 진심 어린 노력도 했을 것이다. 그런데 막상 그렇게 연애에 성공해서 결혼까지 골인해 살다 보면 어떻게 변하는가. 젊은 커플의 결혼식에 가서 퇴장 행진을 할 때 축하해 주면서도 맘속으로 '어디 한번 살아봐라.' 하는 마음이 없진 않은가. '로미오와 줄리엣이 결혼하고 살았다면 계속 로미오와 줄리엣이었겠어!' 하는 고약한 생각이 절로 고개를 치켜들게 되는 것이다.

나도 옆 지기에게 한 10년은 입이 아프도록 '표현하지 않는 마음은 마음이 아니야!' 라고 상대방을 세뇌시키다시피 했었다. 연애할 땐 말이 없고 과묵한 것이 너무 분위기 있고 매력적으로 느껴졌고, '나만 말 많으면 되지.' 하며 '말이 많으면 더 피곤할 거야!' 라고 생각했는데, 함께 살아보니 그게 아니었다. 세상 답답한 것이었다. 그런데 한 30여 년 지나니 지금은 바뀌었다. 그 말을 이젠 내가 듣고 살게 되었으니.

흔히들 연애와 결혼은 다르다고 한다. 물론 결혼해서도 여전히 연애하듯 사는 부부들도 있다. 하지만 우여곡절까지 없진 않았을 것이다.

결론적으로 자신의 삶에서 원하는 성과가 있다면, 먼저 그 일에 맞는 성격스타일은 어떤 것인지, 캐릭터 연구가 필요하다. 그리고 합을 잘 맞춰서 시너지를 내려면 함께해야 하는 사람들을 잘 관찰해야 한다. 그렇게 적절하게 나에게서 제3의 본성이 나와야 한다. 그렇지 않으면 다 나 같은 줄 알다가 멍든다. 더 악화되면 다 네 탓으로 돌리게 된다. 그러면 결과는 뻔하지 않은가. 성과는 고사하고 관계만 나빠질 거라는 것이.

영화의 흥행을 바라는 것처럼 좋은 성과를 원하는가? 대본이 있는 영화도 배우는 등장인물에 대해 주도면밀하게 캐릭터 분석을 하는데, 우리의 삶은 하물며 대본도 없는 영화이지 않은가. 누구랑 언제 어떤 일이 벌어질지 잘 알지 못하는 상황에서, 그냥 살던 대로 어떤 노력도 하지 않으면서 영화가 흥행하기만을 바라는 것은 복권 한 장 사 놓고 그저 1등에 당첨되길 바라는 허망한 노력에 불과하다. 조상이 당첨 번호를 알려주거나 인생 대운이 깃들지 않는 이상 복권도 숫자와 패턴을 부단히 분석하고, 복권기금 조성에 조금이라도 보태는 심정으로 지갑에서 꾸준히 돈을 꺼내는 사람들이 더 당첨될 확률이 높지 않을까? 실낱같은 요행에 기대어 살기에 인생은 한순간이다.

05

제3의 본성 세팅 완료

아이들이 어릴 적에 함께 마술 공연을 보러 갔다. 한 마술사가 여러 겹의 가면을 쓰고 나와 하나씩 가면의 줄을 잡아당기면 다른 얼굴로 계속 바뀌었다. 아이가 초등학교 저학년 때였으니, 십수 년 전의 공연이었음에도 유독 그 부분만 편집돼 아직도 기억 나는 걸 보면 무척 인상적이었던 것 같다.

제3의 본성이라는 말을 하게 되면, 혹자는 "아하~ 그럼 가면을 써야 한다는 말이군요."라고 한다. 어떤 의미에서는 가면일 수도 있겠다. 멀티 페르소나, 다중적 자아, 다중 인격, 사회적인 페르소나, 사회적 자아 등 마술사가 썼던 여러 겹의 가면처럼, 어쩌면 우리는 다양한 상황에서 서로 다른 정체성을 지니고 여러 모습의 나로 살아가는 건 아닐까?

그러면 진짜 나의 모습은 무엇이고 어디에 있을까? 어떤 공간에 아무도 없고 분명 나 혼자 있는데도 누군가가 나를 보고 있는 듯한 착각이 든 적은 없는가? 그런 착각은 아니더라도 나를 아는 누군가가 이 모습을 보고 있다면, 하는 생각을 한 적은 없는가? 또는 그 사람의 관점으로 지금 혼자 있는 나에 대해 이런저런 잣대를 대본 적은 없는가? 아니면 내가 나를 전지적 시점으로 바라보는 순간들은 없었는가?

사람은 이 세상에서 결코 혼자 살 수 없다. 아무리 혼자 살려고 발버둥쳐도 이런저런 관계 속에서 존재할 뿐이다. 그러다 보니 나도 모르게 이런저런 모양의 가면을 쓰고 살아가게 된다. 그런데 그런 가면을 쓰고 살아가는 것이 꼭 불편하고 안 좋은 것인가? 하는 의문이 든다. 어쩌면 변화무쌍하고 다양한 사회에서 유연성이 뛰어나고 적응력이 좋은 것일 수도 있지 않을까? 요즘 리질리언스(regilience)가 힙하다. 리질리언스는 변화에 유연하게 대응하는 힘을 말하는데, 오히려 이것에 부합하는 능력일 수도 있지 않을까? 자신을 갉아먹는 일이 아닌 이상 본인만 피곤하지 않다면......

사람의 뼈와 근육도 같은 자세로 오래 쓰면 뭉치고 통증이 온다. 혈액 순환도 잘되지 않으면 마비가 온다. 한마디로 일정한 패턴을 계속 유지하면 결국 부작용이 올 수도 있다는 것이다.

정신과 의사인 빅토르 에밀 프랑클은 바꿀 수 있는 것은 바꾸되 바꿀 수 없는 것은 그것을 대하는 태도를 바꾸라고 조언하였다. 다른 사람들과의 관계로 인해 감정의 등고선이 오르락내리락하고 마음의 싱크홀이 생겨도 다른 사람을 쉽게 바꿀 수는 없으므로, 내 태도를 먼저 바꿔보는 것으로도 돌파구는 마련될 수 있다.

어느 순간 나이가 많던 적던 꼰대 오브 꼰대가 되지 않기 위한 제3의 본성은 수년간 해온 대로 행동하는 것이 아니라 필요하다면 능력에 맞게 자신을 조각하라는 것이다. 무엇보다

〈제3장〉 성과를 원하는가? 자신의 성격스타일을 제3의 본성으로 리메이크하라

일상생활에서 관심을 두게 된 중요한 목표에 맞춰서 리디자인 미, 리메이크 미 하자는 것이다.

여기서 중요한 것은 제3의 본성이라고 해서 아무리 필요에 따른 것이라 하더라도 없던 성격을 하루아침에 만들어 내라는 것이 아니다. 그렇게 할 수도 없다. 다만 지금의 나는 내가 만든 것이다, 따라서 자신을 지배하는 믿음과 가치를 밝혀낸다면 스스로를 재설계할 수 있다. 아무도 없는데 가만히 있어도 내가 나에게 끊임없이 속삭이는 소리를 가만히 관찰해 보자. 주의깊게 살펴보라. 내가 나에게 뭐라고 끊임없이 어떤 믿음과 가치관을 주입시키고 있는지.

난 원래 이렇게 해왔으니까, 당연히 또 그렇게 할 것이다. 십중팔구다. 그런데 또 그렇게 할 것이라도 잠시 브레이크를 걸어서 관찰해 보자. 그리고 자신에게 질문을 해보자. Is it true? 그게 진정 사실인가 하고...... 사실이라는 내용 여부를 떠나서...... 어떤가? 자신의 사고와 행동 패턴에 대해 스스로 얼마나 부정적으로 클레임을 걸고 있는지를 발견했는가? 놀랍게도 우린 생각보다 많이 '난 원~래 이런 스타일이니까!' 라며 부정적인 자기암시나 자성예언을 무의식적으로 많이 하고 산다. '내가 할 수 있겠어? 또 이러다 말겠지.' 하며 같은 패턴을 반복하게 된다.

제3의 본성으로 세팅을 완료하자는 것은 그러한 점들을 알아차리는 것이다. 내가 무의식적으로, 아니면 이미 의식 차원에서 부정적 측면으로 선고해 버린 자신의 성격 특징 중에 상당부분이 자신의 성장 가능성을 제한하며 한계로 작용하게 된다.

일단 그것을 원상회복시키는 일이 중요하다. 난 늘 지각하는 사람, '꼭 10분이 늦어.' 하며 약속시간을 지키는 것이 공포였던 시절도 있었다. '발등에 꼭 불이 떨어져야 움직이지.' 하며 끊임없이 부정적인 의식을 주입시키고 있는 자신을 발견한 순간, 깜짝 놀라고 말았다. 난 이런 걸 할 수 없는 사람, 저런 걸 할 수 없는 사람이란 생각이 어느새 나를 갉아먹고 있었다는 사실을 뒤늦게서야 알아차렸다. 그럼에도 의식은 저만치 가지만, 행동은 여전히 뒤늦게 따라온다. 무지막지한 충격을 받지 않는 이상 하루아침에 사람이 변하기 어디 쉬운가.

제3의 본성으로 세팅을 완료한다는 것은 원하는 성과 목표를 위해 꼭 필요한 성격적 특성들로 채우는 일이다, 하지만 중요한 것은 그보다 먼저 자신을 향해 끊임없이 부정적인 시그널을 보내고 있던 것들이 무엇이었는지를 파악하는 것이 사전 정지작업을 위해 더 필요하다. 그래야 제3의 본성으로 완성도를 높일 수 있다.

자신을 재설계한다는 일이 얼마나 흥미롭고 신선한 일인가. 과학자들이 말하길 우리의 몸도 매일 똑같지 않다고 하지 않는가. 하물며 자신이 의미를 두고 소중하다고 생각하는 성과 목표가 눈앞에 버젓이 있을 때 자신의 성격적 특징들을 좀 더 성숙하고 나은 방향으로 재조각하는 일이 어찌 의미가 없을 수 있겠는가.

우리를 제한하는 부정적인 패턴의 연결고리를 찾아서 끊어

버리고 그 자리를 대체할 새로운 성격적 특성들로 제3의 본
성을 찾아 자신의 성격 스타일을 리메이크해 보자. 리디자
인해 보자, 그리고 그 결과를 맛보자. 한번도 꿈꿔보지 못했
고 경험해 보지 못했던, 아니 어쩌면 이렇게까지 재미있고,
감동적이고 행복한 순간들이 있었나 싶어, 하늘에 대고 저
절로 고개 숙여 감사하는 날을 맞게 될 것이다. 제3의 본성
으로 원하는 성과 목표에 맞춰서 자신을 재설계하는 과정
자체가 의미 있고 재미있는 과정이 되길.......

06

수정도 가능하다

원하는 성과를 창출하려면 긴 호흡이 필요하다. 일희일비하면 마음의 상처만 입기 쉽다. 성과창출에 적합한 성격적 특성을 발견하고, 자신의 자연스러운 본성을 거스르면서까지 노력하고 있는데 "어? 이 산이 아닌개벼...... 아까 그 산이 맞는개벼." 할 수도 있다는 것이다. 상황에 따라 언제든 수정이 가능하다는 여지는 두어야 한다. 일관성이 없다고 힐난할 수도 있지만 어쩔 수 없다. 여러 가지 해답만 존재할 뿐 정답은 없으므로.

직장 생활을 하면서, 소위 MZ 세대와 일을 하면서 마상(마음의 상처)을 꽤 입었다. 공익 광고를 보니, 알파벳 숫자로 이런 세대 문화를 구별 짓는 걸 하지 말자고 캠페인까지 하던데, 그냥 너무 요란만 떨지 않으면 실버세대처럼 가볍게 넘어갈 순 없을까 싶기도 하다. 어쨌든 어떤 일로 호의와 배려를 악의와 무례함으로 받은 트라우마로 인해 성격도 바뀌는 계기가 되었다. 업무의 완결성을 위해 제3의 본성을 자구책으로 꺼내 썼던 것이다. 그것도 극과 극의 성격으로. 하지만 나중에 만난 MZ 세대라고 하는 친구들은 또 결이 달랐다. 처음엔 그걸 모르고 같은 세대려니 하고 경계하며 거리를 두었는데, 그 친구들과의 관계에선 이전에 받았던 마음의 상처 따윈 눈 녹듯 사라졌고, 오히려 내적 치유를 받아 온전히 회복되었다. 하마터면 어리석은 실수를 할 뻔했다.

속마음을 보이는 것이 솔직한 성격인 줄 알았다가 업무의 효율성과 고도의 성과를 위해서는 속은 속대로 두고 무미건조하게 대하는 것이 가지는 장점도 크다는 것을 알게 되었다. 그리고 혼자 어떤 문제를 견디는 힘도 기르게 되었다. 사람이 극한의 한계와 고통에 이르게 되면, 주위에 사람들이 있어도 결국은 스스로가 털어내며 일어서야 한다. 그 과

〈제3장〉 성과를 원하는가? 자신의 성격스타일을 제3의 본성으로 리메이크하라

정에서 도와주는 사람들이 분명히 있고, 힘이 되어주는 고마운 사람들도 있다. 하지만 자신의 문제는 결국 자기 힘으로 풀 수 있으면 풀어야 내면의 힘이 길러진다. 그래야 나중에 나도 다른 사람들을 그 힘으로 도울 수 있다.

이런 과정을 거치고 나니, MZ 세대라는 어떤 특성이 실제 존재하는 것이 아니라 결국 개개인의 성격적 특성, personality에 관한 것이었다는 나름대로의 결론이 섰다. 나중에 합류한 멤버들과는 6개월 사이에 밥을 얼마나 같이 자주 먹었던지, 전 멤버들과 3년 동안 회식했던 횟수보다 몇 배는 더 많았던 것 같다.

제3의 본성을 꺼내 사용했지만, 멤버가 바뀌니까 다시 원래 가지고 있던 고유한 본성에 더 가깝게 지낼 수 있었다. 하지만 그 고유한 본성도 혹독한 시련을 겪고 나니, 막무가내인 본성이 아니라 아픈 만큼 좀 성숙해진 본성으로 스스로 뭔가 달라진 듯 느껴졌다.

그렇다. 원하는 성과 목표 달성을 위한 제3의 본성은 분명 존재하고, 우리는 상황에 맞게 사회적 자아를 잘 맞춰갈 수 있다. 그리고 또 변수가 생기면 그에 맞게 수정도 할 수 있는 것이다. 제3의 본성 자체가 고인 물이 되어선 곤란하니까.

그러나 수정에도 원칙은 있다. 즉, 자신이 어떤 문제에 접했을 때 발생 원인에 집중하는 스타일인지, 아니면 해결 과정에 집중하는 스타일인지에 따라 또 다를 수 있다. 물론 원인을 알면 결과를 바꿀 수 있다. 하지만 어떤 부분에 더 집중하는가에 따라 나타나는 양상 또한 달라진다. 그것은 자신을 둘러싼 구성원에 따라 상대적이기 때문이다. 다른 사람이 원인에 집중하는 스타일이고, 자신은 해결과정에 집중하는 스타일이면 문제의 해결 과정을 공유하는 것이나 공감 능력이 부족할 수 있다. 반면 구성원들은 해결과정에 집중하나 자신이 문제의 원인에 집중하는 스타일이면 전개 과정에서 감정적 골이 깊어지거나 갈등이 빚어질 가능성이 크다. 물론 문제의 해결은 더 요원해진다.

따라서 제3의 본성을 발휘한다고 해도 이런 측면을 좀 더 염두에 둔다면 수정 가능성은 좀 더 탄력적일 수 있다.

만약 이 두 가지 스타일이 골고루 혼재되어 있다면, 좀 더 시간적 여유를 가지고 이쪽(원인 집중)과 저쪽(해결 집중) 스타일에 시간을 고르게 배분해 각각의 입장과 의견을 골고루 들어보고 중재하듯이 토론을 이끌어 가야 할 수도 있다, 마치 숙의 민주주의처럼.

이런 것들이 원하는 성과가 하루아침에 만들어지지 않는 이유다. 나 혼자 사는 세상이 아니므로.

유연하게 상황에 대한 대응력을 높이는 것이야말로 제3의 본성을 수정하게 만드는 결정적 계기인 것이다. 사람은 이해관계가 바뀌면 태도도 달라진다. 하지만 나의 태도가 달라지면 이해관계도 바뀔 수 있다.

제4장

성격으로
알아본
내 인생 통찰

Remake
Me

하루가 선물처럼 매일 우리에게
주어지지 않는가.
온전히 그 하루하루를 내 본성이
자유롭게 숨쉬고 기쁨을 느낄 수 있도록
자신을 보듬어 보자.
내가 나를 존중하고 아낄 때
다른 사람에게도 더욱 그럴 수 있으므로.

01

성과 달성 후에 내 본성은
달라졌을까?

한 해 전까지 사회적참사특별조사위원회(이하 '사참위')라는 한시적 국가조사기관에서 별정직 공무원으로 4년여간 근무했다. 내가 맡은 업무는 가습기살균제 참사의 발생 원인을 밝히는 일이었다. 1,800여 명에 달하는 사망자와 수천 명의 피해자를 양산한 단군 이래 최대의 사회적 참사였고 비극이었기에 가습기살균제로 사용된 유해 화학물질과 제품으로 인한 기업과 정부의 책임을 조사하여 규명하는 일은 실로 책임이 무거웠다. 환경운동단체와 국회에서 보좌관으로 환경부 등의 국정감사 업무를 한 경력을 바탕으로 오십이 넘어서도 운 좋게 채용되었고, 활동 기간의 대부분은 주로 정부 책임을 규명하는 조사과장으로 일했다. 그리고 나중에 기업 분야까지 다 총괄하여 가습기살균제 참사에 대한 조사결과 보고서들을 다 마무리하였다.

사참위에서 일했던 약 4년은 이곳에 임용되기 전 10여 년간 코칭을 배우고 적용했던 것을 새롭게 펼쳐보게 된 인생학교였다. 처음엔 사람들의 면면을 관찰해보니 어떤 스타일들인지 감이 왔고, 어느 정도 행동 패턴도 예측 가능하였다. 10여 년간 성격 스타일에 대해 많은 시간과 비용을 투자해 학습하였고, 코칭 사업으로 실제 적용하며 해왔기에, 약 30여 명이 일하는 진상규명국 파트는 그야말로 응집된 성격스타일 학습의 장이었다. 또 초기에 내부 워크숍이 있을 때는 진단과 해석상담에 대한 라이센스를 갖고 있었기에 성격스타일 진단도 구성원들에게 직접 해주었다. 그러면서 가까운 다른 이들로부터는 '돗자리를 펴라.' 는 둥의 말도 들었다.

그리고 우여곡절 끝에 4년여의 시간이 흘러 보고서도 마무리되었고, 임기가 끝난 직후에 뉴스를 보니, 피해자가 가습기살균제의 표시광고의 부당성에 대해 공정거래위원회가

가해기업에 대해 면죄부를 주며 잘못 판단을 내린 문제를 대상으로 낸 헌법소원도 사참위에서 임기 동안 2차례의 의견서를 제출한 덕에, 어쨌든 준사법기관인 공정거래위원회의 판결이 위헌이라는 가시적인 성과도 거두었다.

4년여 임기 동안 난 성격이 많이 변했었다. 원래는 외향적이고 사람들과 소통하길 좋아하는 유머 감각이 많았던 내가 사회적 참사를 다루는 조사과장으로 일했으니, 내 성향과는 정말 옷에 맞지 않는 일을 하며 버틴 것이었다. 난 이전엔 극외향형으로 이십 대부터 사참위에 임용되었던 오십 대 초반까지 약 삼십여 년을 아침에 출근하면 퇴근할 때까지 거의 사무실에서만 내근하며 일하는 생활을 해본 적이 없었다. 오죽하면 중등 교사가 될 수 있는 대학교를 나오고도, 아침부터 저녁때까지 학교에서 못 나오고 수업을 해야 하는 교직이 적성에 많지 않아—대학 친구들과 선후배들은 거의 다 교직에 있다.—혼자 돌연변이처럼 다른 사회생활을 했던 터였다.

코칭 사업을 하면서도 주로 수도권과 전국을 돌아다니며 강의와 강연을 했었다. 심지어 경북 영덕의 어느 연수원에서 열렸던 장학사님들을 대상으로 하는 교육을 위해 전날 서울에서 차를 몰고 내려가 연수원 근처의 해수욕장에 있는 펜션을 혼자 예약하고 밤바다와 파도를 즐기고—당시 펜션 주인은 평일에 어떤 아줌마가 혼자 밤에 와 있으니, 뭔 일 저지를까 싶어 밤새 못 주무시고 나를 예의주시했던 것 같다—다음 날 강의를 마치고 올라오면서 안동도 들르고 오는 스타일이었다. 국회의원 보좌관 업무도 정책질의서를 만들거나 문서를 작성해야 할 때는 야근이 일상이었지만, 그래도 낮에는 현장을 다니거나, 행사에 참석하거나, 민원인들을 비롯한 다양한 사람들을 만나러 다니는 활동적인 장이었다. 사회운동가로 일했던 13여 년 역시 여러 이슈 현장과 방방곡곡 다니기를 즐겨 했다.

그런 극외향형이었던 내가 내향형으로 책상에 종일 앉아 산더미 같이 쌓인 문서와 컴퓨터를 만지며 조사하는 업무를 했던 것이다. 사무실 분위기도 몇몇 경우를 제외하면 거의 도서관 같았다. 진술조사나 가끔 출장과 실지 조사를 나가기도 했지만 가뭄에 콩나듯이었고, 거의 조사 자료와 씨름하며 회의를 하고, 사건별 조사결과 보고서를 작성해야 하는 일이 대부분이었다.

한 2년쯤 지나 스스로 성격스타일 진단을 해보니, 거의 다 반대성향으로 돌아서 있었다. 코페르니쿠스적 전환이었다. 정말 제3의 본성을 쓰며 이를 악물고 버틴 것이었다.

그러면 한시적 국가조사기관이었던 사참위에서의 업무를 끝까지 책임 있게 잘 마무리한 것을 성과라 하고—하지만 아직도 가습기살균제 피해자들의 눈물은 마르지 않았다. 이 부분은 앞으로도 숙제다—제3의 본성으로 나를 리메이크해 어느 정도 원하는 성과를 창출했다면 성과 달성 후에 내 본성은 달라졌을까?

어떻게 보면 다시 도로묵인 것 같기도 하지만, 분명한 것은 반대 성향으로 살아보았던 시간들이 있었기에, 이전 나의 본성에 대해 조금은 제3의 시각에서 객관적으로 볼 수 있게 되었다.

언제 어떤 일로 다시 본성이 튀어나올지는 모르겠지만, 어쨌든 조금 더 변화하고 성장한 것만은 분명하다. 어떻게 사람이 다른 사람으로 확 바뀌겠는가? 다만 조금씩 더 본성에 나이테를 두르고, 조금씩 더 폭넓고 깊어지는 묘미를 확인하는 것만으로도 인생은 호기심의 끈을 놓치지 않고 살 의미가 있지 않겠는가.

또 성과를 달성한 후엔 굳이 제3의 본성을 계속 유지할 필요가 뭐 있겠는가.
본래의 편한 본성으로 돌아와 지내도 충분하다. 그리고 그 본성은 인고의 터널을 지나왔기에 더 고급스럽게 진화하는 중일 것이다. 그렇게 본다면 성과를 달성하고 난 뒤의 내 본성은 여전히 아끼고 사랑해 줄 가치가 있다.

02

스트레스 상황에선
백약이 무효

스트레스는 사실 반복된다. 사람은 자신의 성격 특성 중 꼭 민감하게 반응하는 부분이 있기 마련이다. 강도만 다를 뿐. 따라서 스트레스를 잘 관리해야 한다. 하지만 어떤 상황에서는 그것이 스트레스인 줄도 모르고 살았다가 그 상황에서 벗어난 후에야 '아, 내가 스트레스를 참 많이 받고 살았구나!' 뒤늦게 알아차릴 때도 있다.

언젠가 친구가 이런 말을 한 적이 있었다. 직장 생활을 할 때는 자신이 나름대로 잘 적응했으므로 스트레스를 받고 산 줄 몰랐다는 것이었다. 그런데 직장을 그만두고 집에서 쉬어보니, 직장 생활이 얼마나 필요 이상의 긴장감을 요하며 살게 했는지를 알았다는 것이다. 즉, 비교 대상이 생기니까, 그전에 힘들었던 부분이 부각된 것이다. 그래도 그 친구는 다시 다른 직장에 또 다녔다.

스트레스는 평소에 관리해야 하는 것은 분명하지만, 정말 해소할 방법이 보이지 않을 때도 있다. 아무리 버텨도, 그럴 땐 그 상황에서 벗어나야 하는 것이 방법인 것 같다. 현실적으로 걸리는 문제가 한둘이 아니겠지만, 그래도 자신의 본성을 거스르면서까지 자기다움을 잃고 살아가는 것이 무슨 의미가 있고 삶의 낙이 있겠는가. 물론 잘 버티면 견디는 강도도 세지고 기간도 길어진다. 더 이상 물러날 곳이 없고, 이 상황에서 벗어나게 되면 더 지옥 같은 나락으로 떨어질 게 뻔하다고 할 때는 어떻게든 버틸 수 있다. 더 나은 상황을 만들기 전까진 버텨야 하므로.

하지만 평소에 받는 크고 작은 스트레스의 경우는 고유한 나의 좋은 본성이 훼손되거나 변질되지 않기 위해 자신이 어떤 지점에서 스트레스를 받는지를 잘 관찰할 필요가 있다. 따지고 보면 엄청난 것에 스트레스를 받는 것이 아니라 일상생활의 수많은 관계 속에서 벌어지는 몇 가지 일에 기인하는 경우가 많다.

그리고 그것은 어느 날 불쑥 나타나는 것이 아니라 지속적인 행동 패턴일 확률이 더 높다. 몇 년 전에도, 아니 얼마 전에도 그런 상황에서 난 심하게 스트레스를 받았는데, 또 비슷한 상황이 되니 또 반응이 터지는 것이다. 강도의 차이와 이후 해결 방법의 차이가 있을 뿐.

그런데 문제는 스트레스를 받아서 감정이 쌓이거나 분노가 표출되면 더 큰 스트레스가 생긴다는 점이다. 상대방이 꼰대 같은 짓을 해서 속이 상할 대로 상해 감정이 끓어오르거나 분노가 폭발했는데, 그렇게 분노를 터뜨리며 말과 행동을 하는 자신은 결과적으로는 더 심한 꼰대 오브 꼰대짓을 하고 있는 것일 수도 있다.

요즘 수많은 자기계발 서적들을 보면 자기다움, 나답게를 많이 강조한다. 다른 사람의 눈치를 보지 말고 자신으로 살라는 얘기들을 많이 한다. 물론 맞는 말이다. 나다움으로 먼저 살아야 다른 사람들과도 잘 어울려 살 수 있고, 내가 편안하고 행복해야 다른 사람들에게도 좋은 에너지를 줄 수 있으니 말이다. 하지만 사람은 자신이 통제할 수 없는 어려운 상황에 놓이게 되면 자기다움이 변질된다. 스트레스 상황에선 더더욱 그렇다. 내가 이런 면도 있었나 싶을 정도로, 아니면 '어휴, 또 내가 이러는구나.' 하며 스스로에 대한 실망감으로 한없이 가라앉게 되기도 한다.

사람의 본성은 특히 스트레스 상황에서 극명하게 드러난다. 평소에는 절대 그럴 것 같지 않던 사람도 스트레스 상황에 내몰리게 되면, 그동안 감춰져 있던 모습이 수면 위로 드러난다. 원하는 성과를 만들기 위해 제3의 본성으로 자신의 성격을 리메이크까지 하면서 달리 살려고 애써 노력하고 있는데, 스트레스를 받는 순간 자동반사적으로 본래 성격이 확 튀어나와 그동안 애쓴 노력이 물거품처럼 되면 얼마나 허망할 것인가.

스트레스 상황에선 제3의 본성도, 그 무엇도 백약이 무효다. 따라서 본인이 어떤 지점에서 누구랑 또는 어떤 상황에 있으면 스트레스를 받는지 잘 살펴보아야 한다. 표면적으로 드러나는 문제의 줄기를 타고 내려가 보면, 그 뿌리에는 분명 어떤 형태의 욕구 불만이 떡하니 자리 잡고 있을 터. 그 욕구가 무엇인지를 잘 살펴보아야 한다. 무슨 욕구가 충족되지 않고 있기에, 이 지점에서 난 다시 스트레스의 도화선에 불을 당기고 있는지를 살펴보아야 한다. 제3의 본성으로 자신을 바꾸려고 노력하기 이전에 자신의 욕구 불만을 먼저 인지하는 일이 더 급선무다. 그렇지 않으면 더 빨리, 더 자주 쉽게 무너지는 자신을 목도하게 될 것이므로.

하지만 제3의 본성으로 자신의 성격을 리메이크하여 살아가는 것이 좋은 이유는 분명 있다. 왜냐하면 스트레스 상황에서도 예전처럼 큰 너울이 치지 않는다는 점이다. 그리고 그 너울 속에 자신의 진정한 욕구가 무엇인지를 발견했기 때문이다. 무엇이 충족되지 않고 어떤 점이 불만스러워서 내가 다시 그런 반응을 보였는지를 자각할 수 있다. 그리고 그 이전과는 달리, 그런 일로 인해 너무나 많은 감정노동을 하지 않게 되고, 문제해결 과정도 또 기간도 단축됨을 느낄 수 있게 된다.

스트레스 상황에 놓였을 땐 자신을 직시하자. 보이지 않고 채워지지 않는 내 욕구가 무엇이며, 무슨 점 때문에 불만스러운지 가만히 들여다보자. 황토 흙탕물이 한바탕 지나간 자리의 계곡물은 더 깊고 맑게 흐르지 않는가. 스트레스는 자연스러운 물줄기를 거스르는 존재로 치워야 흐름이 생긴다. 그래야 인생이라는 계곡을 채우고 있는 본성 그대로의 돌멩이들이 빛나는 법이다.

03

본성 회복 기간이
꼭 필요한 이유

한 방송사의 '건축탐구-집' 이라는 프로그램을
즐겨본다. 자기 취향대로 집을 짓고 사는 사람들의 이야기
이다. 건축물로서 '집' 이 분명 방송의 핵심 컨셉임은 분명한
데, 그 집에 깃들어 살고 있는 사람들의 이야기들이 더 흥미
로웠다. 많은 사람들이 도시의 아파트에서 살다가 시골에
내려와 집을 짓고 살았다. 그런데 아파트에서 살 때는 자연
의 변화도 잘 실감하지 못했고, 각자 방에 들어가 있으니 가
족들 간에 서로 대화도 많이 없었고, 공통의 관심사도 적었
다고 한다. 그런데 시골에 살게 되니 자연의 풍경이 계절마
다는 물론, 나날이 다름을 피부로 느끼게 되고, 종일 부부가
붙어 있어도 대화가 끊이지 않고, 같이 뭔가를 하나 해 먹어

도 재밌다고 한다. 도시 생활을 오래 해서 이런 시골 생활에 적응하기 어렵지 않나 했던 사람들도 채소 하나 기르는 재미, 꽃 하나 심는 재미가 남다르단다. 그리고 아파트에 살 때는 집안일에 도통 관심 없고 주말엔 잠만 잤는데, 전원 생활을 하니 그렇게 마당은 물론, 집안일을 구석구석 잘 고치고 돌보는 세심한 성격인 줄 몰랐다는 사람들도 있었다. 무엇이 그렇게 만든 것일까? 환경일 것이다. 그렇게 편안하고 달라진 환경에서 자신과 가족을 마주하니 숨어있던 본성이 고개를 든 것이다. 원래는 그럴 수 있는 사람이었으나 먹고 사느라 본성이 숨어있었던 것이다.

복잡다단한 세상에 원하는 성과 목표를 위해 제3의 본성까지 발휘하며 살자고 하는 목소리가 무색할 정도다, 하지만 앞에서 말한 이 프로그램을 보면서 난 한 가지 가시지 않는 의문이 생겼다. 좋은 자연환경에 있는 깔끔하고 쾌적한 멋진 집들을 보면서, 저 사람들은 언제 돈을 저렇게 모았나 싶었다. 어떤 경우는 젊은 사람들임에도 일찌감치 경제적 자유를 얻어 여유 있게 사는 모습이 부러웠다. 보는 내내

'저 사람들은 무슨 재주가 있어 저렇게 잘살게 되었을까?' 부러움과 궁금증이 꼬리를 물었다. 물론 거창한 집만 보여 주는 것이 아니라 소박하고 아담한 좋은 집들도 많았다. 하지만 내 관심사는 전망이 좋은 환경에 쾌적하게 좋은 집을 짓고, 그냥 딱 보기에도 잘 사는 것 같은 사람들이었다. 그들도 한때는 치열하게 살았고, 그러다 건강을 잃어버리기도 했으며, 우여곡절 끝에 숲에 들어와 살았다더라 하는 스토리는 어떤 소설의 결말 같아 보였다. 난 그 과정이 더 궁금했다. 왜냐하면 당분간은 그 사람들처럼 어느 한순간 모든 것을 정리해서 숲으로, 바닷가로 가서 살 수 없는 삶이기 때문에. 그렇다면 삶의 여정 중간중간에라도 저렇게 여유로운 환경에서 본성을 회복하고 살 수는 없을까, 하는 궁금증이 일었다.

그런데 말이다. 본성을 회복하고 싶은 여유를 누리려면, 그 전에 원하는 성과를 달성해야 더욱 마음이 느긋하지 않겠는가. 그렇다. 제3의 본성으로 자신의 성격까지 리메이크하며 새롭고 멋진 삶을 살아보고 나서, 그 이후에 얻어지는 선물

같은 본성 회복 기간이 주어진다면 더 바랄 것이 없겠다. '열심히 일한 당신 떠나라!' 하는 그런 심정 말이다. 누구나 그런 적이 있을 것이다. 몇 날 며칠을 또는 몇 달을 열심히 일해 뭔가를 잘 마무리한 후 맛보는 휴식의 즐거움이 얼마나 달콤한지....... 그런 것처럼 제3의 본성으로 원하는 성과를 달성했다면 계속 그렇게 살 필요가 없다. 나와 다른 성격적 특성으로 계속 산다는 것이 얼마나 힘든 일이겠는가. 따라서 원하는 성과를 어느 정도 얻었다면 빨리 다시 제자리로 돌아와도 좋다. 그걸 본성 회복 기간이라고 명명해 보자.

여러분의 본성 회복 기간은 언제였고 얼마나였나? 아니, 있기나 했었는가? 내 삶이 소진되고 에너지가 방전된 상태가 되어서야 비로소 우린 자기답게 사는 것이 무엇인가를 찾아 산으로 바다로 찾아들진 않았는가.

어떤 다큐를 보니 많은 사람들이 명상과 템플 스테이를 하고 있었다. 남녀노소를 떠나 한결같이 세상에 지쳐 자신이 누구인지, 어떻게 살고 싶은지를 찾고 있었다. 이것도 방법이다. 하지만 특별히 큰맘 먹고 시간과 비용을 내야 하니, 이를 일상적으로 할 순 없지 않은가.

그래서 제안을 해보자면, 원하는 성과를 한 가지라도 잘 달성하게 된다면 꼭 일정 기간 다음 목표를 이루려는 노력을 시작하기 전까지는 자신의 본성 회복 기간을 갖게 되길 권유한다.

특별히 어디 가서 무엇을 하지 않아도 좋다. 그냥 본래 편한 자신의 본성대로 살면 된다. 일터에서, 가정에서 자신을 스스로 옥죄었던 그 무언가를 스스로 좀 내려놓고 마음 가는 대로 조금은 제멋대로 살 필요가 있단 말이다. 그래야 앞으로 살아갈 에너지가 한곳에 모일 수 있다.

직장 생활을 하면서 신기했던 것이 있다. 어느 날인가, 종종 점심시간을 이용해 (남자) 조사관이 다른 조사관들과 함께 남대문 꽃시장에 가서 꽃을 사와 사무실에도 예쁘게 꽂아 놓고, 집에도 갖고 가는 것이었다. 그리고 어느 날은 출근하면 자신이 만든 거라며 스콘 빵을 돌리기도 하고, 수제 청귤청을 만들어 나눠주기도 하였다. 그 친구는 자신의 삶에 본성 회복 기간을 잘 두고 있는 것이 분명해 보였다. 오죽하면 성과는 잘 모르겠으나, 다른 사람의 이야기를 잘 경청해 준다고 연말에 동료들이 이벤트로 주는 상까지 받았겠는가? 본받을 점이었다. 그렇게 자신을 위해, 또 다른 사람들을 위해 둥글고 원만하게 삶의 에너지와 여유를 나눠주는 모습이...... 그렇다면 일에 있어서는? 그 친구는 일도 자신이 맡은 분야만큼은 전문성을 잘 부각시켜 나름 성과도 거두었다. 그리고 이직 후 다른 직장에 가서까지 명절엔 아버지가 직접 만드신 김이라며 선물까지 챙겨 보내준 적도 있었다.

처음엔 우리보다 늦게 임용돼 업무에 대한 이해 때문에, 이건가 저건가 하며 분명 헤맸던 순간들도 있었다. 그러다 어느 순간부터는 본인이 해야 할 목표가 뚜렷해지자, 고도의 집중력을 발휘해 파고들더니 마침내 중요한 사실을 밝혀냈고, 기자회견까지 하게 되어 언론을 장식했다.

이 친구가 제3의 본성을 어떻게 발휘해서 그런 성과를 거두었는지가 중요한 것이 아니라 여기에선 요즘 워라밸을 중시하는 젊은 세대 문화의 표상답게 과중한 업무 속에서도 어떻게 자신을 지키고, 다른 사람들을 기분좋게 하는지 잘 아는 본보기를 보여 주었던 것이다.

하루가 선물처럼 매일 우리에게 주어지지 않는가. 온전히 그 하루하루를 내 본성이 자유롭게 숨쉬고 기쁨을 느낄 수 있도록 자신을 보듬어 보자. 내가 나를 존중하고 아낄 때 다른 사람에게도 더욱 그럴 수 있으므로.

04

진화된 본성으로
행복해지기

　아이들이 어렸을 적 엄마인 내 별명은 '앵그리
파이터'였다. 부끄럽지만 그만큼 난 짜증과 화를 잘 냈다.
그래서였을까, 어릴 적엔 엄마 때문에 기죽어 살던 딸이 고3
을 지나 성인이 되자 뒤늦게 사춘기가 세게 왔다. 엄마에게
큰 소리 한 번 낼 줄 모르던 아이가 사소한 일에도 박박 대
들기 시작했다. 아이들이 어렸을 땐 다른 집에선 엄마랑 싸
운다는데, 그 의미가 무엇인지도 모르고 지냈던 우리 가족
도 별 볼일이 없었던 것이다. 딸과 사소한 일로 다신 안 볼
것처럼 다투고 나면, 인정 많은 아들이 중재에 나서고 엄마
를 달래주기도 했다. 몇 번의 사건들이 있고 나선 이젠 서로
조심하는 사이가 되었다. 그리고 과거 앵그리파이터였던 내

성질도 한풀 꺾였다. 일단 직장에서 강도 높았던 업무와 긴장, 인간관계 속에서 벗어나니 사람이 대번 달라졌다. 화낼 일이 팍 줄었다.

그렇다. 누구 때문이 아니라 스스로 버거웠던 것이다. 오랜 기간을 집 안과 밖에서 스스로에게 부과한 과도한 책임과 능력 부족으로 난 발버둥을 치고 있었던 것이다. 그 과정에서 약한 고리인 가족들에게 감정을 발산하고 살았던 것이다. 가족들은 내 감정의 쓰레기통이 되어 힘들게 받아내고 있었고. 그걸 알면서도 난 눈감았다. 일단 내가 너무 힘들었으니까.

진화(evolutiom)는 성장이고 변화다. 이젠 짜증과 화를 내는 빈도수가 확 줄었다. 앞으로 어떻게 진화할 수 있을지 모르겠지만, 어쨌든 상황이 바뀌니 조금씩 변화도 한다. 그런데 그 상황도 결국 내가 만들어 낸 것이었다. 또 다른 삶의 터닝포인트를 만들기 위해 도전과 선택을 하고 있으니.

짜증과 화를 덜 내니 집이 평화로워졌고, 아들은 엄마가 없는 솜씨지만 한 가지라도 음식을 해주면 연신 맛있다며 고맙게도 칭찬해 주었다. 모든 일이 평탄해 보였다. 하지만 아뿔싸, 그렇게 평온한 날이 계속되던 어느 날 또 한 번 화가 터졌다. 그것도 명절에. 그때 엄마를 쳐다보며 실망하던 아들의 슬픈 눈빛이 아직도 기억난다. 지금은 군대를 갔지만, 부끄럽고 못 볼 모습을 또 보이고 말았다. 화를 내는 내 모습도 내 모습이지만, 우리 아이들이 가장 싫어했던 것이 따로 있다. 그건 화를 폭발시키고 나선 또 미안하다며 사과하는 것이었다. 반복되는 그 쳇바퀴 때문에 얼마나 지겨웠겠는가. 언젠가 엄마가 화를 낼 때 어떤지를 아이들에게 물어본 적이 있다. 그랬더니 마치 도에 통달한 사람들마냥 하는 말이 "어휴 또 시작이네." 하고 그러려니 한다는 것이었다. 저러다 시간이 지나면 또 미안하다고 사과하는 일의 반복이겠지 하며....... 그게 더 짜증 난다고 했다.

이런 것이 내가 성격스타일에 더 관심을 갖고 파고 드는 이유다. 내가 왜 그럴까에 대해 여러 가지 측면으로 공부를 하게 된 것이다. 코칭을 했기 때문에, 처음엔 모든 것이 다 치유가 되고 아이들에게도 좋은 엄마인 듯했다. 특히 딸은 중2 때 도덕 수업을 했는지 교과서에 엄마를 존경하는 인물이라 쓰고, 그 이유에 대해 '모든 일에 열정적이시고 긍정적이시다.' 라고 했다.

당시엔 딸 방을 치우다가 그 내용을 보고 진짜 감동 먹었다. 고마웠다. 그러나 그 이후엔 앞서 말했듯이 그렇지 않았던 것이다. 그 이유는 내가 인생에 부침이 많아져서였다. 나의 과도한 열정으로 자존감이 바닥을 치고, 경제적으로도 너무 예측하기 어려운 상황까지 내몰리다 보니, 어느 순간 아들이 말하는 '앵그리파이터' 가 되고 말았다. 사실 집에서만 그런 건 아니지 않았겠는가. 밖에서는 짜증과 화를 표면적으로 드러내진 않았지만, 그래도 집에서 새는 바가지 나가서도 샜다. 사회운동가로 오랫동안 살았으므로, 사회생활 가운데서도 부당한 경우를 보면 가만히 참질 못했다. 그러니 시끄러울 수밖에. 평판도 나와 이해관계가 부딪힌 사람들 측면에선 당연히 좋지 않았다, 대체로 온순한 편이지만, 참다가 더 이상 부당한 것을 못 보게 되는 상황이 되면 폭파시켜 버렸다. 그래서 사업에서도 손해를 보았다.

그래서일까, 연구소를 운영할 당시 같이 활동했던 연륜 깊었던 어떤 코치님이 내게 한 말이 평생 뇌리에 남아 있다. "소장님이 아직 젊어서 그래요........" 그때로부터 벌써 십여 년이 흘렀고 몇 년 뒤면 60대가 될 건데, 난 언제까지 젊을 것인가 의문이다. 사람이 나이가 들면 성질도 죽고, 좀 유연해지고 둥글둥글해진다는데 언제 나는 그렇게 되려나...... 나를 아는 대부분의 사람들은 내가 성격이 대체로 호감형으로 원만한 줄 안다. 뭐 사실 그런 편이다. 나와 함께했던 사람들 중에는 잘 지낸 사람들이 더 많으니까. 하지만 나도 좀 지쳤나 보다. 정말 그 코치님의 말처럼 이젠 싸울 에너지가 없는 것 같다. 그런 곳에 에너지를 쓰기엔 시간도, 열정도 아깝다는 생각이 든다.

과거에 어떤 친구는 자신은 절대 사람들과 싸우지 않는다고 했다. 왜 그런가 했더니, 싸우면 그 뒷감당에 자신이 없어서 그렇다고 하였다. 그만큼 자신이 힘들 줄 알기에 미리 대비하고, 평판도 잘 관리하면서 자신을 현명하게 보호한 것이었다.

하지만 사람마다 본성이 다른 걸 어찌하랴. 나 같은 사람도 있고, 알고 보면 나 정도는 귀여운 수준이고 훨씬 더한 사람들도 있을 텐데.

분명한 것은 몇 번의 인생 고비를 넘다 보니 절로 깨우쳐진 것이 있다는 것이다. 아무리 정당한 문제 제기였다고 해도, 그렇게 다투고 나면 남는 것은 서로 간의 갈등과 상처뿐임을 뒤늦게서야 깨닫게 된 것이었다. 그렇다고 상대가 바로 잡아지는 것도 아니었고, 시간이 지나야 했다. 그 사람들도 이러저러한 부침을 겪고 나서야 달라지는 것이었으므로.

어쨌든 진화(evolution)는 변화고 성장이다. 세월의 무게가 받쳐 주는 것을 토대로 끊임없이 회의하고 요동치며 그래도 나아가면 된다. 포기하고 굳어버리지만 않는다면, 회생과 상생의 계기는 얼마든지 있다는 것이다. 관 뚜껑 덮이는 날까지. 과거보다 그리고 어제보다 진화된 자신의 본성을 맛보는 행복을 누려보자. 스스로의 성장을 피부로 느끼고 더 행복해지고, 그 기운으로 다른 사람들에게 기쁨이 되는 삶을 살아보자. 얼마 남지 않은 인생이지 않는가.

앞으론 개인적으로 소심했던 앵그리파이터의 속성을 사회 곳곳에 꼭 필요한 부분에서 이 능력을 발휘해, 삶의 질을 개선할 수 있는 본성으로 제대로 진화시켜 볼 생각이다. 진화된 본성으로 내가 성숙해지는 과정은 자신뿐만 아니라 타인의 유익과 우리 사회의 공동선을 위해서도 필요 충분 조건이다.

제5장

성과를
배가시킬
수 있는
제3의 본성 활용법 ①

Remake
Me

누구나 자신만의 강점은
분명히 있다.
약점을 보완하고자 한다면, 자신의 강점을
먼저 떠올려 볼 것을 권유한다.
그다음 강점의 방식으로 약점을
보완할 수 있는 방법들을 찾아보자.
조금만 자신을 잘 관찰한다면
그리 어려운 일도 아니다.
그리고 그 효과도 탁월하다.

01

다른 사람에겐 '불필요한 대화'가
되지 않는 방법

숙소 예약을 위해 여행사 직원과 통화를 했다. 대개는 고객 응대 시 필요한 말만 간결하게 하는 줄 알았는데, 그날따라 유독 그 직원은 날씨 이야기에 헛웃음을 웃는 등 수화기 너머로 들려오는 목소리가 안스러울 정도였다. 전화를 끊고 나서 나름 친절했던 이 직원을 잠시 떠올려 보며 조금 안타깝다는 생각이 들었다. 그 이유는 자신의 소통 스타일로 막상 사회생활을 하기가 수월치 않겠다는 느낌이 들었기 때문이다. 전형적으로 표현형에 가까운 성격 스타일을 보여주었기 때문에, 자신의 소통 방식으로 인해 사람과의 관계에서 마음의 상처를 많이 받겠다 싶었다. 노파심이겠지만, 그 몇 분간의 통화로 사람을 다 파악할 수는 없으나, 적어도 내게 응대한 스타일만 보면 그랬다. 문제는 그 후에 일어났다. 짧은 패키지 예약을 취소했는데 숙소 따로, 항공편 따로 고객이 직접 다 취소할 필요 없이 여행사 내부 항공팀과 자체적으로 다 처리 가능하다는 안내와는 다르게 잠시 후, 그 여행사의 항공팀에서 다시 연락이 왔다. 내가 항공편을 취소하지 않았다는 것이다. 순간 그 직원의 잘못된 안내가 떠올랐지만, 어쨌든 취소해 달라고 다시 의사를 표현했다. 소통도 좋지만, 팩트가 우선인 것이다. 상대방의 기분을 좋게 해주려는 그 의도는 눈물겨운 것이지만, 그 직원은 고객의 needs를 정확히 채워주진 못했다. 그리고 항공편이 그 직원 말대로 취소된 줄 알고 있었더라면 그냥 앉아서 그대로 손해를 볼 뻔했잖은가.

'소통'과 '불필요한 대화'는 한끝 차이이다. 나는 소통이지만, 내 방식대로만 한다면 그건 상대방에게는 불필요한 대화가 될 수도 있다.

더군다나 요즘은 대면보다는 점점 SNS 등으로 소통을 하는 세상이다. 어떤 사람들은 같은 직장에서 엘리베이터를 타도

스몰토크조차 시작되는 것이 싫어서 아예 눈도 마주치지 않으려고 한다고 한다. 그래서인지 마주치면 인사를 잘하는 사람들이 남달리 보인다.

소통 전문가조차 정작 자신도 소통이 어렵다고 하지 않는가. 극약 처방을 한다면 '소통'에 자신이 없으면 일단 말을 줄이는 것이 대수다. 하루에 100마디를 말했다면 일단 반으로 확 줄여보는 것이다. 말을 몇 마디 했는지 일일이 세고 있을 수는 없으므로, 일단 감으로 자신이 굳이 하지 않아도 될 말을 얼마나 하고 다녔는지 자기 관찰을 한 다음, 양적으로 일단 좀 줄여보자는 것이다. 그러면 중간은 갈 수 있으니까…… 그리고 두 가지를 문득 깨달을 것이다. 첫째는 내가 그동안 얼마나 쓸데없는 말을 많이 하고 살았는지를 발견하게 될 것이다. 두 번째는 입을 좀 닫고 살아도 괜찮다는 생각이 든다는 것이다. 분명 침묵이 사람에게 주는 긍정적 효과가 분명 있다. 하지만 침묵을 지키는 일 그 자체가 묵언 수행 같은 일이란 사실을 잊지 말아야 한다.

다른 사람의 기분이나 감정은 크게 고려하지 않고 그냥 내가 하고 싶어서 불필요하게 많은 말을 하는 것은 분명 마이너스다. 자신에겐 그게 소통으로 보일지 모르겠지만, 일방적일 가능성이 크다. 언권을 장악하는 일이고, 여러 사람이 있으면 말할 순서에 대한 번호표를 타야 할 지경일 수도 있다. 오죽하면 '라떼는 말이야!'가 나왔겠는가. 그것도 나 때와 지금 시기를 비교하고 평가하면 더 지하로 내려가는 지름길이다. 본인만 모른다. 다른 사람들이 견뎌주는 걸.

소통은 예나 지금이나 매우 중요한 소셜 스킬이다. 집이나 밖에서나 넓게는 사회 문제도 소통 때문에 문제가 빚어지는 예가 허다하다.

특히 자신의 감정을 잘 표현하고 소통하기를 좋아하는 사람의 경우 가정이나 직장에서, 사회에서 그렇지 않은 분위기에 놓이게 된다면 그야말로 답답해 죽는다. 혼자 떠드는 것은 재미없으니까. 그렇다고 상대방이 일일이 리액션을 해주는 노릇도 아니다. 그래도 최소한의 인류애로 대답이나 겨우 해주면 다행이다. 그러면 또 같은 스타일의 성격을 만나면 어떨까? 기를 빨릴 수도 있지만, 서로 편하게 느끼고 호흡이 잘 맞으면 세상 다행이다. 하지만 정 반대의 경우도 존재할 수 있다.

소통을 잘하려면 제3의 본성이 정말 제대로 필요하다. 혼자 있는 것이 아니라 상대가 있는 것이므로, 내 스타일대로 그냥 밀고 나가는 것이 아니라 상대의 스타일도 파악해 가며 합을 맞춰가야 장기적으로 내가 피곤하지 않다.

공감 능력이 부족한 사람이 공감하기를 좋아하는 사람과 소통하려면 제3의 본성을 개발해야 한다. 그런데 이러한 제3의 본성은 하루아침에 되는 것이 아니므로, 두 가지 정도의 코칭 팁을 제시하면 다음과 같다.

첫 번째는 상대방의 관심사가 무엇인지를 알고자 하고 파악하는 것이다. 무엇에 관심이 있는지를 알게 되면, 그만큼 공감 능력은 자라게 된다.

두 번째는 대화를 하면서 상대방에게 "내가 지금 이렇게 말하면 기분이 어때?" 하고 넌지시 물어보는 것도 하나의 팁이다. 나와 대화하는 상대방이 어떤 생각과 느낌을 갖고 있는지 인지할 수 있는 방법으로, 공감 능력을 올리는 방법 중의 하나이다.

한편 공감 능력이 다소 과잉인 사람은 좀 더 무색무취하게 사실관계와 일 중심으로 이야기의 서사를 풀어나가는 제3의 본성을 개발해야 한다. 평소에 다른 사람들이 궁금해하지도 않고, 물어보지도 않는 이야기를 왜 주책맞게 그리고 푼수같이 하고 다니는가? 자신의 가치를 스스로 떨어뜨려선 안 된다. 따라서 내가 생각하는 것 이상으로 드라이하고, 사무적으로 다소 차갑게 상대방을 대하더라도 무방하다. 지금까지 자신은 머리도 뜨겁고, 가슴도 너무 뜨겁게 살아왔으니 이젠 좀 식히며 살아도 된다. 그러다가 츤데레마냥 친절하고 따뜻하게 한 번 잘해줄 때 사람들은 인상적으로 받아들이거나 고마워한다는 반전도 있으니까. 굳이 애써 더 노력하지 않아도 당신은 이미 인간적인 매력이 철철 넘치는 사람이라는 사실을 기억했으면 한다.

차갑든, 뜨겁든, 미지근하든 어쨌든 소통의 기술은 제3의
본성에 필수과목이다.

02

내 강점이 과도해지면
어느 순간 약점이 된다

아이가 게임을 많이 한다고 급기야는 집의 컴퓨터 하드웨어를 차에 싣고 다닌다는 부모들을 코칭한 적이 있다. 그런데 그런 부모들의 경우 공통점이 있었다. 즉, 성장 과정에서 자신들은 '누가 시키지 않아도 스스로' 알아서 했다는 것이다. 즉, 어른들은 '자기 주도'가 가능했던 스타일이었다. 반면 상담을 통해 들어본 가정의 아이들은 시키지 않으면 알아서 하는 법이 없는 '의존형' 또는 '순응형'이었다. 이것은 무엇을 말하는 것일까? 부모의 주도성이나 세심한 돌봄이 아이들을 스스로 생각하고 판단하게 하는 데 '기여'하지 못하고 되레 '장애'로 작용했던 것이다. 그렇다면 '주도성'이나 '세심한 돌봄'이 강점이 아닌가? 당연히 개인으로서는 강점이다. 하지만 그 강점이 지나치면 상대의 주도성을 약화시키는 약점이 된다. 왜냐하면 강점과 약점은 뫼비우스의 띠와 같은 속성을 지니고 있기 때문이다. 직장과 사회에서는 '주도성'으로 인정받을 수 있지만, 집에서는 그 '주도성'이 부지불식간에 자녀의 능력을 믿지도, 키워주지도 못하는 성격이 될 수도 있다. 본인처럼 자기주도적인 자녀로 키우고 싶은가? 그러면 잠시 나의 부모는 나를 어떻게 키웠는지 한번 생각해보자. 본인이 주도성이 강한 성격이라면, 적어도 부모님은 자신을 방목 또는 방임했기 때문이 아니었는지, 그 상관관계(또는 역동)를 한 번 돌아보길 권한다.

코칭을 하면서 경험적으로 느낀 것은 조부모-부모-자식 세대 간의 관계 역동이 서로 상당한 영향을 미치고 있다는 점이었다. 부모가 순응형이거나 안정형이면 아이들은 주도성이 강한 편이었다. 내가 자랐던 것처럼 부모가 간섭하지 않고 방목할 자신이 있으면 아이들은 스스로 더 잘 자랄 수 있지 않겠는가?

간혹 사람들 중에 다른 이에게 '배신' 당했다고 얘기하는 경우들이 있다. 하지만 '배신'이라는 것은 결코 존재하지 않는다. 왜냐하면 '배신'이라는 것을 달리 표현하자면 자신의 '과도한 친절 또는 베풂'이었기 때문이다. 누가 그렇게까지 잘해주라고 한 것도 아닌데, 자신이 그렇게 호의를 베풀어 주고 나중에 그들로부터 어이없는 상황이나 호된 경우를 당하면 "내가 너한테 어떻게 했는데 네가 나에게 이럴 수 있지?"라며 분노하는 상황이 되는 것이다. 그런데 한 가지 간과하는 점이 있다. 그것은 사람은 누구나 자신의 존재가치를 스스로 증명하고 싶어 하는 본능이 있다는 점이다. 그걸 언제까지 침해당하고만 있을 사람은 거의 없다. 그렇기 때문에 친절하게 남을 돕길 좋아하고, 베풀며 나누길 좋아하는 성격스타일도 과도해지게 되면 강점이 아니라 다른 사람의 주도성을 약화시키는 치명적인 약점이 될 수 있다. 그래서 다른 이가 언제부터인지 모르게 자신으로부터 멀어지는 것이다. 이런 관점에서 본다면, 다른 이에게 잘해준 사람이 잘못했다고 볼 수도 있겠으나, 그런 의미는 아니다. 잘해줌으로 인해 더 상처받지 말고 그 에너지를 아껴서 자신에게 온전히 투자하며 살자는 뜻이다.

직장을 그만두고 나와 용감하게 창업을 한 C라는 사업가가 있었다. 세련되고 감각적인 아이디어와 고객의 의도를 잘 파악해 사업은 나날이 번창하였다. 남다른 용기와 도전 정신으로 시작한 사업이 잘되자, 이 사업가는 사업을 더 확장하기로 하였다. 그런데 확장을 하고 좀 지나니, 경기가 나빠지기 시작해 단골 거래처들이 줄어들고, 급기야 확장한 사업을 유지하기도 힘들어지는 상황이 되어 버렸다. '용감한'이 '무모한'으로 바뀐 것이다. 그런데 알고 보면 '용감한'과 '무모한'은 같은 속성을 지니고 있다. 이 사업가에겐 어디까지가 '용감한' 것이었고, 어디서부터가 '무모한'이었을까? 분명한 것은 '용감한'까지는 강점이었고, 그것이 과도해졌을 때부터는 '무모한'이 되었다는 것이다. '용감한'이라는 엑셀레이터를 계속 밟다가 '무모한'이라는 과속을 해 결국 교통위반을 하게 된 셈이다. 그렇다면 이 사업가는 어떻게 해야 했을까? 즉, 사업확장을 하기 전, 이 사업이 계속 잘된다고 하더라도 고정비용도 같이 늘어날 것이라는 점을 예측

했는지, 또 사업이 잘 안되는 기간이 있을 경우를 고려해 버틸 수 있는 사업자금을 비축해 뒀는지 등을 고려했다면 용감하게 투자하여 사업을 더 확장시킬 수 있었을까? 만약 이러한 지점까지 다 검토하여 준비했다면 '용감한'은 계속되었을 것이다. 하지만 이런 부분을 놓친 순간부터 '용감한'은 '무모한'으로 온도가 변하는 것이다. 그렇다면 사업에 어려움을 겪고 나서 다시 재기해 사업을 확장하는 기회가 또 온다고 가정하면 어떻게 될까? '용감한'은 '무모한'으로 되지 않고 더 차원높은 '용감한'으로 자가발전하게 된다. '용감한'과 '무모한'은 같은 성격적 특징이지만, 때와 상황과 대상에 따라 냉탕과 온탕을 왔다갔다할 수 있는 것이다.

직장에서 사람들과의 소통을 좋아하는 D간부가 있었다. 직급이 낮은 직원들의 고충을 잘 들어주고 공감과 경청을 잘하는 편이어서 직원들이 좋아했다. 그런데 어느 순간부터 직원들이 D간부를 멀리하기 시작했다. 나중에 들어보니, 간부로서의 '품위'가 떨어진다는 것이었다. 그간 했던 직원들과의 '소통'이 최고위 관리자들에 대한 '뒷담화'로 변질되고, 어느 자리에서건 자신의 감정을 솔직하게 드러내는 D간부가 직원들에겐 부담스러워졌던 것이다. 무엇이 문제였을까? '소통을 좋아하는' 강점이 어느 순간 과도해진 것이다. 그러다 보니 처음에 보여줬던 매력이 변질돼 D간부와 직원 간의 경계가 어느새 사라져 버리고 그만저만한 사람이 돼 버린 것이다. 소통도 좋지만, 직원들이 기대한 간부상은 분명히 존재했다. 하지만 그 D간부는 그러한 것을 간과한 것이다. 그저 직원들과 '소통'을 잘하면 좋은 관리자인 줄 알고 속내를 너무 보여줬던 것이다. 하지만 직원들은 간부의 속내까진 다 보고 싶지 않았고 또 볼 필요도 없었다. 한동안 직원들의 보이지 않는 거리두기로 맘고생을 한 D간부는 어느 순간부터 말수가 줄어들고 일에만 몰두하였다. 그 결과 D간부의 업무효율은 좋아졌다.

강점 조절은 어떻게 해야 할까? 물론 해답은 있다. 때와 상황과 대상에 따라 자기를 조절하는 능력을 키우면 된다. 이 말을 압축하면 '눈치껏'이라는 세 글자가 된다. 자기조절력이야말로 모든 리더십의 요체인 만큼, 나의 강점이 과도해지는 것은 아닌지 가끔 돌아봐야 한다. 그리고 자녀든, 직장 동료든, 비즈니스 파트너든 상대방과의 관계나 역량 강화에 도움이 되고 싶으면 '기다림의 미학'이 필요하다. 다른 사람들과의 관계에서 나의 강점이 어느 순간 약점이 되지 않으려면 말이다. 특히 지속가능한 관계를 원한다면, 이 점은 꼭 숙지해야 할 필요가 있다. 어느 영화에 '호의가 계속되면 권리인 줄 안다.'는 대사가 나온다. 짧은 이 말속에는 이미 관계의 파탄이 내재되어 있다. 더 이상 지속되기 어려운 관계란 것을 암시해 주고 있다. 따라서 불필요한 호의는 어느 시점에서 거둬들여야 지속가능한 관계를 유지할 수 있다. 강점은 강점일 때만 빛나는 것이다. 뭐든지 과도해지면 뒤탈이 난다.

03

나의 약점을 '강점의 방식'으로
보완하는 방법

누구나 약점은 있게 마련이다. 중학교 2학년 때였다. 평소 마음이 좀 모질지 못한 것이 약점이라고 생각했던 나는 여름방학에 특별한 계획을 세웠다. 평소에는 끔찍하고 무서워서 눈길도 주지 않았던 공포영화를 집중적으로 보면, 마음이 좀 강해질 것이라 믿었다. 여름이어서 그런지 납량특집 영화가 꽤 있었다. 그 영화들 중 당시 충격과 공포가 얼마나 컸던지, 40여 년이 지난 아직도 〈버닝〉이란 제목은 커다란 가위로 사람의 목을 뎅강 뎅강 잘랐던 끔찍한 영화로 기억한다.

끔찍한 공포영화들을 보고 나서 15살의 소녀는 마음이 좀 강해지고 독해졌을까? 공포영화의 영향이 그 이후로 내 성격에 어떤 영향을 미쳤는지는 솔직히 기억도 잘 안 나고 모르겠다. 지금도 공포 영화류는 별로 좋아하지 않으니까. 하지만 사춘기 소녀였던 나는 내 성격의 약점을 알고 있었고, 그것을 보완하기 위해 노력했던 것만은 분명하다. 여기서 중요한 것은 '보완의 방식' 이다. 어떻게 보완하기 위해 노력했는지 살펴보자.

지금은 일기를 쓰진 않지만, 그때 나는 일기 비슷한 것을 쓰고 있었다. 다이어리라고 불리는 노트 맨 뒷장 빈칸들에 채우기 방식으로 나의 성격의 장점과 단점 이런 것을 썼고, 그 당시 읽고 있던 또는 읽어야 할 책 목록 같은 것도 메모해 두었다. 봐야 할 또는 보고 싶은 영화 제목들도 기록해 두었다.

생각해보면 자기 성찰 지능이 높았던 것 같다. 자신을 돌아보고 미래를 계획하는 것을 좋아했으니. 반면 정에 이끌리지 않고 냉철하고 분명한 태도를 갖고 싶은데, 그게 잘 안됐던 것 같다. 싫어도 내색을 잘 못 하고, 못 알아들어도 상대방이 무안할까 봐 이해한 척하고, 거절을 잘 못 하고, 그 모든 것이 마음이 강하지 못해서 생긴 탓이라고 나름 진단을 내렸던 것이다. 그래서 여름방학에 공포영화를 집중적으로 보면, 마음이 좀 강해질 것이라고 여겼던 것이리라. 무턱대고 그냥 보러 간 것이 아니라 다 계획이 있었던 것이다.

약점은 그냥 보완되어지는 것이 아니다. 가만히 들여다보면, 자신이 가지고 있는 강점의 방식을 끌어와서 약점이 보완되는 것을 발견할 수 있다. 나의 경우도 가만히 보면 15세 소녀가 자신에 대해 성찰 능력을 갖고 있는 것은 강점이었다. 그 강점의 방식을 끌고 와서 마음이 약하다고 여긴 스스로의 약점을 보완하고자 한 것이다. 그래서 지금은 달라져 있고.

그런데 가만히 보면, 우리는 약점을 보완해야 하는 것으로 인식하는 것이 아니라 약점 그 자체에만 주목하는 경향이 크다. 이런 경향은 특히 교육에서 더욱 두드러지게 나타난다. 약점이란 그 부분이 취약하여 잘하지 못하기 때문에 생기는 현상이다. 그런데 그 부분을 갑자기 잘하란다. 그것도 그 약점을 강점으로 갖고 있는 사람들의 방식으로. 이렇게 되면 애초에 잘할 수 없는 노릇이니, 포기하는 것이 더 빠를 수 있다. 그만큼 어려운 일이라 강점 혁명이 나온 것인지는 모르겠지만. 물론 강점만 갖고도 살 수는 있다. 혼자라고 한다면. 하지만 다른 사람들과 더불어 사는 세상에선 내 약점으로 인해 힘들어지는 것은 사실 내가 아니라 내 주변의 사람들인 경우가 더 많다. 내가 개의치 않는다면 큰 문제도 되지 않을 수 있다. 하지만 내 약점으로 인해 어느 순간 사람들에게 민폐를 끼치고, 불편과 어려움을 감수하게 만드는 상황까지 온다면 약점은 약점으로 그냥 내버려둬서는 안 된다. 즉, 어느 정도는 보완을 해줘야 원만하게 함께 살아갈 수 있다는 얘기다.

그렇다면 어떻게 보완을 해야 할까? 약점은 자신이 갖고 있는 강점의 방식을 빌려오면 더 효과적일 수 있다. 자신이 갖고 있는 성격의 장점이라고 해도 같은 의미이다. 즉, 장점의 방식을 빌려와서 단점을 보완할 수 있다는 것이다. 가령 평소 사람을 좋아하고 열정적이긴 한데, 감정의 기복이 심하다면 감정을 잘 관리하는 사람과의 교류를 열정적으로 해서 노하우를 배울 수 있다. 또 반대로 혼자 있는 것을 좋아하는데 감정 표현을 잘하지 못해 일상생활에서 본의 아니게 다른 사람들에게 오해를 산다면, 혼자 있는 시간에 감정 표현과 관련된 책이나 방송, 콘텐츠를 공부해 보는 것도 방법이 될 수 있다.

평소에 대답이나 반응 속도가 느린 청년이 있었다. 이런 성향 때문에 결국 군대(지금의 군대가 아닌, 한 세대 전의 군대)에 가서도 곤란을 겪었다. 답답함을 참지 못한 군대 고참이 이 청년에게 얼차려와 함께 시킨 복창 문구는 다름 아닌 "즉각적으로 반응한다."였다. 그 청년에겐 즉각적으로 반응한다는 것이 무슨 의미인지, 또 어떻게 금방 그렇게 될 수 있는지 세기의 난제였을 것이다. 그저 시간이 해결해 주는 수밖에 없지 않았을까? 결혼을 해서도 마찬가지였다. 아내와 자녀들이 몇 번이고 물어봐야 뒤늦게서야 묻는 그 말을 들었다는 듯이 반응이 느렸다. 사람들을 존중할 줄 알고, 무던하고 무난한 성격의 소유자인 이 사람은 느린 이 약점이 옥에 티였다. 그래서 주위 사람들에게 본의 아니게 사람을 무시하는 것 아니냐, 거만하다는 오해도 샀었다. 이 이야기의 주인공은 그래서 어떻게 되었을까? 물론 지금까지 사는데 큰 지장이 있는 것은 아니다. 주위 사람들만 복장이 터졌을 뿐, 그래도 예전보다는 반응속도가 빨라졌다. 그래도 나아진 그 비결은 원래 사람을 존중하는 것이 중요하다고 여긴 사람이었으므로, 다른 사람의 고충을 듣고 이후부터는 말을 좀 더 성의있게 잘 경청했기 때문이다. 거북이처럼 느렸지만, 일평생 자신의 약점을 강점의 방식으로 서서히 보완해 낸 것이다.

누구나 자신만의 강점은 분명히 있다. 약점을 보완하고자 한다면, 자신의 강점을 먼저 떠올려 볼 것을 권유한다. 그다음 강점의 방식으로 약점을 보완할 수 있는 방법들을 찾아보자. 조금만 자신을 잘 관찰한다면 그리 어려운 일도 아니다. 그리고 그 효과도 탁월하다.

04

성격의 고유한 한 가지 속성:
온도 조절기법

인기리에 방송된 한 드라마('재벌집 막내아들')에서 회장은 이런 말을 한다.

"자동차가 전자라카는 내 생각이 틀렸나 이 말이다. 그라모와 '자동차가 순양의 미래'라 카는 내 '비전'을 '망상'이라카지? 승산 있다는 내 '확신'을 '독단'이라 카고, 포기 몬하는 내 '진심'을 '아집'이라카지?

내가 뭐를 잘못해가 내한테 박수치던 사람들이 그 똑같은 손으로 손가락질을 해대는지 모리겠다."

한마디로 자신의 비전은 망상으로, 승산 있다는 확신은 독단으로, 포기 못하는 진심은 아집으로 다른 사람들에게 비쳤다는 말이다. 의문스러운 점은 그전에는 이런 점들로 인해 다른 사람들에게 박수를 받았는데, 지금은 어느 순간 손가락질의 대상이 되었다는 것이다.

누구 말이 맞는 것일까? 그러나 이런 질문은 의미가 없다. 성격의 고유한 한 가지 속성을 이해한다면, 회장 말도 맞고 다른 사람들의 말도 맞기 때문이다. 왜냐하면 성격적 특성 중 본질이 같은 한 가지 속성을 두고 대상과 상황에 따라 보고 느끼는 관점과 시각이 달라졌기 때문이다.

나의 '용감한' 이 다른 사람들에겐 '무모한' 으로 보일 수 있고, '낙천적' 이 '현실적이지 않은' 이 될 수 있다. 또 나의 '협동' 이 다른 이들에겐 '호구나 봉' 으로 보일 수 있고, '명확함' 은 '깐깐함 또는 까다로움' 으로 보일 수 있다. 같은 성격적 특성이라고 해도 얼마든지 상대방에게는 다르게 해석될 여지가 있는 것이다.

여기서 다른 사람들에게 어떻게 비치느냐는 것은 두 번째 문제이다. 아니, 아예 문제가 되지 않을 수도 있다. 중요한 것은 이런 성격적 특성을 때와 상황과 대상에 맞게 자신이 어떻게 조절하느냐가 관건이다. 자신의 명확함이 다른 사람을 질리게 만드는 까다로움으로 넘어가지 않도록, 협동이 다른 사람들에게 쉽게 보여 호구가 되지 않도록, 낙천성이 상상의 나래만 넘나드는 비현실이 되지 않도록, 용감함이 다른 사람들에게까지 피해를 주는 무모함이 되지 않도록 내가 그 냉탕과 온탕을 조절하는 것이 더 큰 과제이다.

그렇다면 이러한 한 가지 성격적 특성을 두고도 냉탕과 온탕을 왔다갔다하는데, 그 온도 조절 장치를 어떻게 작동시킬 수 있을까? 여기서 중요하게 고려되어야 할 요소는 바로 '통제 가능성'이다. 다시 말하면 내가 컨트롤이 가능하면 전자의 긍정적인 속성이 나타나는 것이고, 컨트롤하기 어려운 상황(out of control)이 되어 버리면 부정적인 후자의 속성에 가까워지는 것이다. 즉, 자신이 'out of control' 상태가 되면, 이러한 성격적 특성들은 말 그대로 다른 사람들이 우려

하고 불편해하는 그대로가 된다.

무덥거나 추운 날씨에 견뎌보다가 너무 덥거나 추우면 냉난방 장치를 가동하여 적정 온도가 되도록 다시 온도를 약간 더 올렸다 내렸다 조정하는 것과 같다. 가령 내가 투자를 하고 있는데, 지금까진 '용감한'이라는 스위치를 틀어 냉랭했던 곳을 따뜻하게 만들었지만, 중간 점검이나 조절을 하지 않고 계속 스위치를 돌려서 '무모한'으로 어느 순간 찜질방을 만든다면, 투자의 결과는 감당하기 힘든 난방비 폭탄 영수증으로 되돌아올 수 있다는 것이다.

하지만 애석하게도 사람에겐 스위치를 조금만 더 돌리면 불이 들어오고, 덜 돌리면 불이 나가는 자동 조절장치가 없는 것 같다. 일과 관계에서 언제, 어디서 멈추고 나아가야 할지를 다 안다면 얼마나 좋을까? 그걸 모르기에 사람은 크고 작은 실수와 고통을 겪으면서 자연스럽게 자신만의 내적 자동 조절장치를 만들어 가는 것이 아닐까?

'내가 여기 아니면 일할 데가 없을 줄 알아!' 하고 호기롭지만, 실상은 뚜렷한 대책 없이 직장을 그만둔 사람이 있다고 치자. 이후 온갖 풍상을 다 겪어보았다면, 그 사람은 다음에 일하게 된 직장에선 저절로 내적 자동 조절장치가 작동하게 돼 쉽게 사표를 못 던진다. 어떻게든 버틴다.

그나마 희망적인 건 이렇게 고통을 동반하면서 인생의 큰 고개를 넘어야 하는 경우까진 아니더라도 성격의 속성을 이해한다면 일상에선 그나마 내적 자동 조절장치를 가동할 수 있다는 것이다. 그것이 바로 온도 조절 기법이다.

어떤 일에서 성과를 달성하고 싶다면, 제3의 본성으로 자신의 성격을 리메이크하는 것이 좋다고 하였다. 제3의 본성 가운데에서도 자신이 중요하다고 생각되는 특성 한 가지만 들여다봐도 이 기법은 적용 가능할 것이다. 예를 들면 '결과 지향'은 '강제로 억누르는'으로, '직접적'은 '공격적'으로, '설득하는'은 '자기 뜻대로 부리며 조종하려고 하는'과 다를 바 없고, '커뮤니케이션'은 '수다'로, '친근함'은 '목적

없는 과잉친절'이 될 수 있고, '체계적인'은 '복잡하거나 느린'과 본질적으로 그 속성이 같을 수 있다.

앞에서 말한 드라마에서 재벌 회장은 순양자동차의 실적 부진을 속상해하며 "이게 다 내 망상이고, 독단이고, 아집이냐?"고 물었다. 이를 들은 손자는 "누구도 순양자동차가 할아버지의 망상이라고, 독단이라고, 그리고 아집이라고 말하지 못하게 하겠습니다."라며 신차 '아폴로'에 대한 전권을 위임받았다. 손주는 미래를 다 알고 있었다. 그러므로 할아버지의 망상은 이후부터는 비전으로, 독단은 승산 있는 확신으로, 아집은 포기하지 않은 진심이 될 수 있었다. 이건 말 그대로 미래를 다 내다보는 가운데 통제 가능한 상황이 됐으므로 가능한 것이었다. 하지만 우리 인생은 미래를 미리 내다볼 수 있는 드라마가 아니지 않은가. 다만 상황에 대해 스트레스에 빠지지 않고 나의 통제 가능성을 계속 높여 나가고, 나의 성격적 특성에 대해 가끔 점검해 보는 내적 자동 조절장치를 가동하려는 노력으로 그 근사치에 가까워질 수는 있다. 그리할 때 나의 본성은 성장과 진화를 거듭하고,

일의 성과는 어느 순간 내 곁에 있게 될 것이다.

하지만 내적 자동 조절장치도 자칫 오류가 생길 수 있다. 가끔은 다른 사람에게 물어보는 것도 오류 방지책이 될 수 있는 방법이다. 하고 있는 일에 대한 경력이 쌓이면서 후배들에게 '깐깐한' 선배가 되고 있는 건 아닌지 고민하는 직장인이 있다. 하지만 그 깐깐한은 법률을 다루는 업무상 필수불가결한 '꼼꼼한'이다. 또 사회생활에서 자신이 '무색무취'한 것 같다고 자책하지만, 그 사람은 '유연한'으로 사회성 만렙일 수 있다. 뭐든 지나침은 경계의 대상이다.

05

다른 사람과 협업할 때 필요한
제3의 본성 활용법

어떤 선배로부터 들은 이야기다. 교장이 되기
전 근무했던 어느 기관에서 한때 별명이 망나니였다고 했
다. 그 선배를 보면 도저히 상상이 되지 않는 모습이어서,
어쩌다 그런 소리를 듣게 되었는지가 무척 궁금했다. 그랬
더니 본인은 새로 그 직장에 전근을 와서 늦게까지 야근하
고, 회의에선 열심히 의견을 제시하며 과감하게 실행했을
뿐이었는데, 자신도 모르는 사이에 사람들 사이에서 그런
평판이 돌고 있었다는 것이었다. 그래서 그 후에 어떻게 했
냐고 물어보았다. 망나니라는 소리를 들었을 땐 그야말로
쇼크를 먹었다고 하였다. 사람들과 함께 일하는 교육현장에
서 그런 평판을 듣는다는 것은 '난감하네!' 그 자체였을 것

이다. 그래도 자존심이 있고 협업을 해야 하니, 이후엔 티 나지 않게 묵묵히 일만 했고, 가까운 사람들에게도 속마음을 절반쯤만 얘기하는 성향으로 완전히 바뀌었으며, 퇴근 후엔 홀로 취미생활을 하며 그 시간들을 버텼다고 했다. 어쨌든 다른 성향으로, 즉 제3의 본성을 꺼내 쓴 결과 결국엔 무사히 교장 선생님이 되었다.

협업이 어려운 이유가 있다. 예전에 교육 문제와 진로코칭에 대해 강의하면서 많이 소개했던 내용이다. 대기업 인사 담당 상무님인가가 하신 말씀이었다. 최근 신입 사원들을 채용해보면 언어 능력은 좋은데 말귀를 잘 알아듣거나 소통하는 커뮤니케이션 역량은 떨어지고, 해외 연수는 했으나 다문화에 대한 이해가 부족하고, 결정적으로 자기밖에 몰라서 팀워크가 부족해 무슨 협업 프로젝트를 책임 있게 믿고 맡길 수가 없다는 것이었다. 요즘도 그런지는 모르겠지만, 얼마 전에 보니 기업이 원하는 인재상도 창의성에서 책임감이 1순위로 바뀌었는데, 젊은 세대의 이직 사유 1위는 책임감과는 거리가 먼 워라밸이나 자신의 커리어 강화 때문이었다. 동상이몽이다.

개인 사업도 고객과 거래처와의 협업이 필수다. 수십 명의 소매상을 대상으로 도매업을 하시면서 아버지보단 사업 수완이 탁월하셨던 어머니가 늘 하신 말씀이 몇 가지 있다.

"속은 속대로 두고 겉으로만 흥흥거려라.", "아무리 좋아도 칭찬을 아껴라."

난 어머니와는 성향이 완전 달라서 이런 말들 자체가 이해되지 않았다. 그러나 막상 내가 사업을 해보니 무슨 말인 줄 뒤늦게서야 실감했다.

이처럼 세상의 모든 일은 본질적으로 협업 아닌 일은 없다. 집에서나 밖에서나 다 그렇다. 개인의 뛰어난 역량도 협업이 잘될 때 더욱 빛나는 법이다. 물론 어떠한 협업 과정에서도 탁월하게 역량을 잘 발휘하면 좋겠지만, 그렇지 않다면 다른 사람들에게 적어도 민폐만은 끼치지 않아야 한다. 앞에 소개한 선배의 경험처럼, 사람은 자기를 객관적으로 알게 되고 달라지고자 할 때 가장 강력해진다. 또 다른 이들과 함께할 때 그 힘은 배가 된다. 다른 사람을 잘 이해하는 사람은 자신에 대해서도 이해와 조절이 더 쉬운 법이다.

그런데 다른 사람들과 협업을 잘하기 위해선 두 가지 전제 조건이 있다. 일단 함께하는 그 분야에 뛰어난 전문성과 역량이 있으면, 싸가지가 좀 없어도 양해가 된다. 그리고 두 번째는 자신이 협업할 역량이 좀 부족하다고 생각되면, 상대방에게 배우겠다는 겸손한 자세와 원만한 태도를 보여주는 것이 필요하다. 그러면 무시당하지 않느냐는 걱정을 한다면, 그건 일단 그렇게라도 좀 해보고 염려하자.

그렇다면 다른 사람들과 협업할 때 가장 중요한 제3의 본성은 무엇일까? 어떻게 그걸 활용해야 할까? 문제는 객관적으로 자기 자신을 파악해야 한다는 것이다. 상대방과 비교해 자신이 터무니없는 우월감을 가지고 있는 건 아닌지, 아니면 본격적으로 협업을 시작해 보기도 전에 1도 도움이 되지 않게 상대방을 '저 사람이 과연 잘할 수 있을까?' 의심부터 하고 있는 것은 아닌지, 뭐든 경험해 보지 않으면 알 수가 없는 노릇인데도 때때로 우린 상대방에 대해 선입견부터 장착하는 경향이 있다. 이는 그만큼 내 시야가, 나의 정신세계가 좁고 박약하기 짝이 없는 것이다.

다음으로 협업에서 중요한 제3의 본성은 함께하고자 하는 그 프로젝트에 성의를 다해 임해야 한다는 것이다. 내가 책임을 지겠다는 자세는 결과까지 내 책임으로 두겠다는 자세를 의미한다. 잘되면 내 탓이고, 못 되면 네 탓을 할 준비가 이미 되어 있는 사람이라면 벌써 폭망각이다. 사람들은 말을 안 해도 다 안다. 아, 저 사람이 이 일에 어느 정도의 에너지 수준을 가지고 어디에서 살짝 발을 빼고, 어느 부분에서만 살짝 걸치려는지 당신 머리 꼭대기에 있다는 사실을 기억하라. 그래도 내가 좀 더 하는 것이 억울할 정도로 그 프로젝트에 성의있게 임한다면 분명 성과는 따라온다.

그런데 대부분의 사람들은 사회생활에서 자신은 별 문제 없이 잘하고 있는 것 같으니, 다른 사람들이 잘해주길 바란다는 것이다. 다른 사람들이 제발 좀 정신 차리고 잘해줬으면

하는 것이다. 그래서 저녁에 회사 근처에 있는 술집들을 가보면 세상 모든 기업들은 왜 망하지 않는지 의문일 때가 많다. 술안주로 도마에 올라오는 성격파탄자들이 그렇게 많은 줄 몰랐다. 저렇게 문제투성이의 회사가 어떻게 돌아가고 있는지 신기할 정도다. 그래도 우리나라와 세계 경제는 돌아가고 있고, 우리는 그 속에서 어떻게든 먹고 살고 있다.

세 번째로 다른 사람들과 협업을 할 때 갖춰야 하는 제3의 본성은 조급성을 버리고 인내하는 것이다. 원하는 결과를 만들고 성과를 확실히 내기 전까지는 참을성이 꼭 필요하다. 그렇지 않으면 그저 그런 결과밖에 나올 수 없다. 아니면 파국이던가.

여러분은 사람들과 함께 일하면서 어디까지 인내해 봤는가? 사람들을 있는 그대로 인정해 주기 쉽던가? 불성실한 근무 태도를 넘어갈 수 있겠던가? 미숙함을 보아 넘길 수 있겠던가? 이때 필요한 제3의 본성은 참을 수 없는 가벼움을 보아 넘길 수 있는 아량과 감정조절력이다. 즉, 인내심은 다른 말로 하면 절제력이고 자기조절력이다. 협업이 성과 있게 잘 진행되었다면 일등 공신은 바로 자기조절력의 승리인 것이다.

그렇게 또 한고비를 넘어서 우린 성장하며 갈 수 있다.

06

팀으로 일할 때 필요한
제3의 본성 활용법

어떤 TV 강연을 들어보니, 요즘 MZ세대 문화의 특징 중 하나가 업무에 대해 잘 몰라도 상사에게 질문을 하지 않는다는 것이다. 왜냐하면 인터넷에서 검색하면 되기 때문이라고 한다. 자기주도성이 높아서 자신의 힘으로 적극성을 발휘하는 차원이라면 좋은 태도다. 멀티미디어 활용 능력이 좋은 것으로 이해를 하면 될까. 하지만 굳이 그런 것이 아니라면, 즉 배우려 하지 않는 태도로 오해를 받을 수도 있다.

팀으로 일할 때 가장 새겨야 하는 제3의 본성이 있다. 그건 팀으로 일하는 시간 동안만 관계성이 유효하다는 것이다. 다시 말해서 함께 일해야 하는 시간이 아닌 시간, 가령 직장인의 경우라면 점심시간이 그럴 것이고, 아침 출근 전이나 퇴근 시간 이후엔 그 팀원은 내 사람이 아니라고 생각해야 한다는 것이다. 너무 각박한가? 그런데 어떡하는가. 세상이 그렇게 바뀌어 가고 있다. 관계성이라는 것은 절대 업무의 연장이 아니라는 사실을 숙지해야 한다. 그렇지 않으면 자신의 리더십에 타격이 올 뿐만 아니라 말로 표를 내기엔 왠지 쪼잔한 마음의 생채기만 수없이 많아질 뿐이다.

요즘 젊은 세대들은 멀티 페르소나가 일상이다. 즉, 회사에서의 자아가 다르고, 퇴근 시간 이후의 사회적 자아가 다르다. 세상이 이렇게 변하는 줄 모르고 있다가는 나만 적응력이 떨어지는 사람이 될 수 있다. 리질리언스(regilience), 변화에 유연하게 대응하는 힘은 이제 필수능력이다. 이제는 흐름에 떠밀려 내려갈 것인가, 자연스럽게 흐름을 탈 것인가를 고민해야 한다.

그렇지 않으면 능력 좋은 팀원들은 다 퇴근하고, 아직 업무를 다 처리하지 못한 팀장만 남아서 다반사로 야근하는 사태를 막을 수 없다. 이러한 것을 책임감으로만 치부하기엔 세상은 그 변화속도가 너무 빠르다. 변화하는 세상에 맞게 팀 문화도 바꿔야 한다.

두 번째 제3의 본성 활용법은 '기대'보다 '기여'하고자 하는 관점이다. 질책과 책망으로 잘되는 조직은 못 봤다. 적어도 팀으로 일하는 시간만큼은 직장 내에서 팀원과의 대화를 잘 접근하여 처리해야 한다. 하지만 어렵고 복잡한 내용일수록 대화가 끝나면 이후 서로의 이해와 문제해결을 위해 필수적으로 후속조치도 취해야 한다.

그리고 무엇보다도 팀원에 대한 기대 수준을 낮추고, 내가 먼저 자신의 강점으로 팀을 위해 기여하겠다는 관점이어야만 자신과 팀을 구원할 수 있다. 그렇지 않으면 팀원의 불성실성만 탓하게 될 것이다.

게임만 하던 아이가 있었다. 아버지는 그 아이에 대한 기대 수준이 높았고, 어머니는 기대 수준이 낮았다. 아버지는 아이가 학생이니까 공부는 기본으로 해야 한다는 생각을 갖고 있었으므로, 아이의 일거수일투족이 다 눈에 거슬렸다. 그러다 보니 결국 말도 제대로 하지 않고 무시하는 수준에 이르게 돼, 아이와의 관계는 악화일로가 되었다. 꾸중도 질책도 소용없었다.

반면 엄마의 기대수준은 게임을 해도 좋으니 그저 고등학교라도 무탈하게 다녀서 졸업장만이라도 손에 쥐었으면 하는 것이었다.

전자인 아버지와 아이의 경우를 팀원에 대입해 본다면 어떤가? 그 팀이 성과를 내겠는가? 후자인 어머니와 아이의 경우는 어떤가? 즉, 아이가 고등학교라도 졸업했으면 하는 의미는 팀원이 극단적으로 퇴사하지 않고 어쨌든 경력을 쌓으며 계속 근무하는 것과 유사할 수 있다.

그래서 이 아이의 가정은 어떻게 됐을 것 같은가? 그 아이는 고등학교를 무사히 졸업을 했음은 물론, 전혀 갈 것 같지 않았던 대학까지 어찌어찌해서 갔다. 아들을 군대에 보내고 나서야 아버지는 아이를 있는 그대로 좀 더 봐주지 못했던 자신에 대해 뒤늦은 후회를 하며 미안해했다. 어머니는 그런 아버지에 대해, 그래도 아이에 대한 관심과 애정 때문에 그랬던 것이니 너무 자책하지 말라고 위로했다. 그래도 아버지의 권유 덕에 대학생도 됐으니. 아이도 군대에 가서 아버지가 자신에게 어떻게 했는지 다 잊어버리고 사랑한다며 소식을 전해 왔다.

조직도 결국 사람 중심이다. 성과향상을 위해 팀으로 일할 때 필요한 제3의 본성은 팀원에 대한 '존중'이다. 그리고 결국 커뮤니케이션 스킬이고 소셜 스킬인 것이다.

그런데 여기서 유의할 것은 팀원에 대한 '있는 그대로의 존중'이지 '믿음'이 기본 전제는 아니라는 점을 강조하고 싶다. 왜냐하면 애석하게도 사람은 결코 '믿음의 대상'이 아니기 때문이다. 이해관계로도 얼마든지 태도를 바꾸는 것이 사람이므로. 그래서 사람은 믿음의 대상이라기보다는 회피 심리 같지만 '사랑의 대상'이라고 해야 그나마 마음의 상처를 덜 받을 수 있을 것 같다.

팀의 구성원들을 있는 그대로만 봐줘도 중간 이상은 간다.

성과를 배가시킬 수 있는 제3의 본성 활용법 ②

Remake
Me

우리에겐 삶을 선택할 수 있는
자유의지라는 것이 있고,
나와 세상을 위해 진실하게
노력할 수 있는 기회도 여전히 있다.
그러면 매 시기 변곡점마다
더 요구되는 제3의 본성이 있을 것이다.

01

강아지도 연기를 하는데

힘이 약한 강아지 두찌가 있다. 이 두찌를 괴롭히는 강아지는 건장한 여동생인 막냉이다. 하지만 유심히 관찰을 해보면, 보호자가 있을 때 더 호소하려고 그러는 건지, 막냉이가 별반 건드리지도 않았는데 비명을 지르며 아픈 듯 엄살을 부린다. 그러면 깨갱깨갱하는 비명소리를 듣는 보호자는 당연히 막냉이를 더 혼쭐낼 수밖에 없다. 한마디로 보호자로 하여금 자기에겐 동정심을, 막냉이에겐 상당한 분노의 감정을 동시에 유발하게 하는 발연기가 아닐 수 없다.

또 다른 강아지 대박이의 경우는 보호자가 자기를 보나 안 보나 유심히 관찰하다가 시선이 마주치면 유독 더 불쌍한 척을 하기도 한다. 관종이자 발연기의 명수다.

하물며 강아지도 자신에게 유리한 지점을 알고 어떤 상황에선 연기를 하는데, 자신이 바라는 삶과 이루고 싶은 성과가 있다면, 어느 정도는 연기도 할 수 있어야 하지 않을까?

인생은 무대이고 우리 자신은 배우라고 생각해보자. 실제 어떤 영화배우는 노숙자 역할을 하기 위해 서울역 앞에서 실제 그들과 같이 3개월 동안 생활한 후 작품에 임했다고 한다. 당연히 결과는 발연기가 아닌 명연기였다.

가끔 사람들은 극단적인 편향을 갖고 있을 때가 많다. 바로 '언젠가는 되겠지.'라는 대기론적 사고이거나 '과몰입'이다. 우리는 살면서 이 두 가지 모두를 경계하긴 해야겠지만, 어떤 부분에선 내가 바라는 삶을 살기 위해선 필요하다면 발연기라도 해야 한다. 특히 지금까지 지니고 있던 사고와 행동패턴만으로 잘되지 않았다면 더욱 그렇다.

사실 맨정신으로 이미 꿈을 이룬 것처럼 연기하며 살기는 어려울 것이다. 하지만 그 비슷하게 시도해 볼 수는 있다. 이러한 과정이야말로 목표 실현을 위한 자신을 제대로 프로그래밍하는 것이다. 크게 돈이 드는 일도 아니다. 우선 머릿속에서 상상만으로도 가능한 일이다. 그런 후 경제적 여유가 있다면 조금 더 자신에게 투자할 수도 있다. 다름 아닌 바로 어제보다 달라질 자신을 위해서.

02

내 점은 내가 치는 것

지금은 조금 달라졌지만, 내 사전에는 '미리미리'가 거의 없었다. 그러다 보니 마감일이나 약속시간엔 가까스로 슬라이딩하듯 겨우 지키면 다행이었다. 그런데 작년 겨울 어느 날인가, 실수로 약속시간에 한 시간이나 먼저 도착을 하게 된 적이 있었다. 항상 약속시간에 10분이 모자라던 내게 한 시간이나 일찍 도착한 상황은 마치 더듬이를 잃어버린 곤충 같은 기분을 느끼게 하였다. 무얼 할까 하며 거리를 배회하던 중 마침 1층 사무실에 사주운세를 보는 곳이 눈에 확 들어왔다. 보통 도로변 1층에서는 보기 어려운 공간 구조였다, 호기심이 발동했다. 점을 보는 건 다소 거부반응이 있지만, 통계학이라고 하는 사주명리학에 대해선 비교적

열려 있는 편이었다. '뭐라고 할까?' 궁금하기도 하거니와 불투명한 내 앞날을 어떻게 해석할지도 궁금했다. 결국 들어가 보았다. TV에도 나오는 박사님이라고 했다. 소일거리로 일주일에 며칠만 나오신다고. 특이한 것은 사분면을 그리며 전체적으로 진로상담 같은 것을 해주셨다. 그런데 한 가지 이상한 점이 있었다. 내가 그리고 있던 인생 계획과 흡사한 것이었다. 나도 그러려고 했고 그렇게 지금 가고 있는데, 이게 웬일! 그 순간 십여 년 전에 코칭 워크숍을 이끌며 만들었던 나의 비전 맵이 떠올랐다. 인생을 마칠 때쯤 그 비전 맵처럼 살았다면 그야말로 대박사건이지 않겠는가! 살고 싶은 삶을 그려본다면, 현재의 삶은 그 과정을 경험하는 그야말로 체험학습이니까. 정말 그렇게 되길 소망한다. 그러면 어려움도 그 과정으로 쉬이 여길 수 있을 테니. 그리고 보니 사주라는 것이 저마다 다르게 해석돼 크게 참고하긴 어렵다 하더라도 내가 그리고 있던 인생 계획과도 크게 다르지 않다는 것을 확인한 기분은 과히 나쁘지 않았다.

어머니는 입버릇처럼 말씀하셨다. "내 점은 내가 치는 거다!" 우리 어머니야말로 나중엔 기독교 크리스천에 이어 가톨릭 신자가 되셨지만, 과거 내 어릴 적 기억으로는 대구 팔공산 아래 모처에 가서서 많이 비셨다. 그것도 거액을 들이면서. 그러니 한때 점을 좀 쳐보셨던 분이 이후 파란만장한 인생사를 겪으시면서 천주교 신앙심으로 통달한 끝에 하신 말씀이니, 당연히 뜻깊을 수밖에.

하지만 가끔 사람의 운명이란 것이 정해져 있지 않을까, 싶을 때도 있다. 특히 예기치 않은 죽음을 접할 경우엔 더욱 그런 생각이 짙어지는 것 같다. 설사 그렇다 하더라도 내 운명의 점은 내가 쳐야 한다. 자신의 인생주기를 놓고 무엇을 하며 어떻게 살 것인지, 계획을 명료하게 그려보는 것이야말로 확실한 운명 점이다. 무엇보다 우리에겐 삶을 선택할 수 있는 자유의지라는 것이 있고, 나와 세상을 위해 진실하게 노력할 수 있는 기회도 여전히 있다. 그러면 매 시기 변곡점마다 더 요구되는 제3의 본성이 있을 것이다. 골똘히 '그것이 무엇일까?' 한 가지만이라도 연구해 보자. 그러면 삶은 분명히 달라진다. 그리고 매 시기 찍는 점들을 잘 잇다

보면, 어느새 미래에 가 있을 것이다. 내 인생 점은 그렇게 쳐야 하지 않겠는가!

03

시간 여행자가 되어보기

성격은 변하지 않는다. 과거 행동 패턴에 갇혀 있는 관점으로 보면 그렇다. 하지만 미래 시점으로 성격스타일을 재구성한다는 관점에서 보면, 변한다는 것이 지론이다. 양자 간의 차이는 결코 맞다 틀리다의 문제가 아니다. 왜냐하면 이는 선택의 문제이기 때문이다. 따라서 과거보다 미래를 더 믿어야 한다. 과거는 성찰과 반영의 대상이고, 미래는 선택하는 것이기 때문에 변한다, 변하지 않는다는 것 역시 중요한 것이 아니다.

하지만 바꾸고 변화하는 것은 어렵고 힘이 드는 일이다. 하지만 이를 선택의 문제로 바라보면 문제는 단순해진다. 우리에겐 선택할 자유가 충분히 많다.

연구소 FT 선생님들과 초등학교에 가서 워크숍을 연 적이
있다. 초등학생들에게 자기주도력을 이야기하면서 농담 삼
아 "10살 이전까지 스스로 잘하지 못하는 것은 부모님 책임
이지만, 10살 이후부터는 진짜 10대가 된 것이므로 여러분
자신의 책임"이라는 말을 하면, 그 말이 의외로 잘 먹혔다.
초등학생들이 '음.......그렇지!' 하며 비장한 마음으로 고개
를 끄떡였으니까. 초등학생들도 인생의 주인은 자신이고,
결과에 대한 책임도 자신에게 있다고 하니, 반응하지 않는
가. 어른들도 '되고 싶은 나'로 살아가고자 한다면, 그 마음
을 먹는 순간부터 좀 더 삶의 주도력을 가지고 지금까지 내
가 했던 행동 패턴을 미래 시점으로 변환시킬 준비를 해야
한다. 즉, 시간여행자가 되어 미래의 되고 싶은 시점들로 가
서 갖추고 싶은 사고방식과 역량, 자신감을 탑재해 보는 것
이다. 그렇게 자신을 그려보는 것이다. 삶의 목표는 세우는
것보다 그려보는 것이 강력하다. 미래가 이미 내 삶에 와 있
다고 더 구체적으로 생각하면 효과적이다. 그때 어떤 옷을

입고, 누구와 어디에서 무슨 얘기를 나누고 있는지 등.

언젠가 꿈을 꾼 적이 있다. 좋아하는 가수가 있었는데, 같이 밥을 먹는 꿈이었다. 하지만 중간에서 깨버렸다. 어찌나 아쉽던지....... 그래서 너무 아쉬운 마음에 얼른 일어나지 못하고 그대로 누운 채 꾸다만 그 꿈을 상상으로 계속 이어 붙여보았다. 될까 싶었는데, 놀랍게도 상상 속의 대화가 계속 이어지는 것이었다. 물론 순전한 나의 바람으로 그려낸 대화장면들이었다. 그런데 상상 속이었지만, 현실처럼 그 가수는 내게 목소리를 들려주었다. 그런 일이 있은 지 며칠 되지 않은 어느 날, 내가 왜 그런 상상을 했을까 알게 되었다. 온몸에 전율이 왔다. "그래 바로 이거구나!" 그건 다름 아닌, 코칭 대화에서 주제를 찾을 때. 즉, 목표를 찾았을 때 바라는 모습을 그려보는 것과 흡사했다. 보통 코칭은 코칭 목표를 찾으면 다음에 현실을 인식하고, 그 가운데에서 내가 할 수 있는 일들은 무엇인지, 단기 또는 중장기 목표를 세운 후 장애물은 무엇인지, 내가 활용할 수 있는 자원들은 무엇인지 계획을 세워 하나씩 실행해 보고 피드백을 통해 완성해

나가는 일이다. 그런데 그 첫 번째 단계가 가장 중요한 미래를 그려보는 것이다. 즉, 지금의 현실에서 미래 시점으로 존재 이동, 시공간의 이동을 통해 가상현실을 체험해보는 것이다. 상상력이 빈약해도 좋다. 그냥 자신이 바라는 한두 가지 장면이어도 된다. 물론 더 충분히 상상하고, 그러한 기분들을 오래 유지하면 더 효과적일 것이다. 자신의 머릿속에서 일어나는 것이 창조이므로. 그러면 이제부터 바라던 삶을 위한 새로운 시간들이 펼쳐지는 것이다. 이후부터는 인고의 시간을 겪어도 버틸 힘이 생긴다. 여기까지만 떠올릴 수 있다면, 이제부터는 그것을 달성하기 위한 설레임의 시간들이 펼쳐질 것이므로. 두근거리는 인생 목표가 분명히 있다면, 그다음부터는 '집중의 시간'이다.

04

상상하고 생각하는 일은 '집중력'의 다른 이름

시간여행자로 살아본다는 것은 과거가 아닌, 미래로 가서 바라는 것의 실상에 대해 선명도를 높이는 일이다. 비전과 사명, 소명이 분명할 때 그것이 상상과 생각으로 출발해 시각적으로 도출될 때까지, 그리고 그 모습이 마음속에 걸림이 없을 때까지 고치고 또 고쳐서 명료해진다면 이야기는 끝난 것이다. 이때 마음의 이미지를 강하게 하면서 감정의 일치 또한 만들어 나가야 한다. 왜냐하면 상상하고 생각하는 일은 '집중력'의 다른 이름이니까. 포기만 하지 않는다면 현실로 손에 잡히게 된다.

그다음부터는 우리의 머릿속에 성과 달성을 위한 새로운 길이 난 것이므로 좌고우면할 이유가 없어진다. 새로운 날을 원하면 새롭게 사유해서 새 길을 내야 한다. 많은 뇌과학자들도 이러한 이론이 과학적 사고라고 하지 않는가! 바라는 모습과 관련된 정보들을 두루 섭렵하고, 또 반복적으로 접하면 뇌 신경회로가 달라진다고 한다. 그것이 상상이든, 실제 눈앞에 펼쳐지든 말이다.

언젠가 TV 프로그램을 보는데, 거동도 불편하고 허리가 90도로 굽은 할머니께서 민화를 그리시는 것이었다, 그런데 민화를 그리는 순간만큼은 밤을 새워도 끄떡없이 붓질을 하시며 건강한 사람처럼 오랜 시간 집중해서 그리셨다. 팔순이셨는데, 3년간 100여 점의 민화를 그리셨다고 한다. 제대로 된 미술 교육을 받으신 것도 아니었다. 어렸을 적 보았던 민화를 잊어버리셨다가 따님의 추천인가, 어떤 계기로 노년에 다시 그 기억을 떠올리셨고, 아픈 것도 잊어버리신 채 몰입을 하신 것이었다.

어릴 적 보았던 민화는 60여 년 넘게 잊어버린 줄 알았던 장면이었다, 하지만 할머니의 뇌는 평생 그걸 기억하고 있었던 것이다. 우리가 생각하는 것 이상으로 뇌는 기억력의 천재다. 현실에서 보았건, 상상을 했건 만들어진 이미지들이 자신이 하려고 마음먹으면 현실에서 그 모습을 드러낼 수밖에 없는 이유다.

'뇌의 가소성'이란 학습이나 새로운 환경을 접하게 되면, 뇌 신경세포는 계속 성장하고 변화할 수 있다는 뜻이다. 지금까지 내 행동패턴과 의식을 구성하고 있는 면면들을 보면, 그동안 살아오면서 배우고 경험한 것에 의지해 살고 있지 않은가. 따라서 머릿속을 먼저 리메이크하면 된다. 그러면 필요에 따라 기존 성격도 재창조된다. 새로운 회로를 깔면 되는 것이다. 길이 없는 덤불도 계속 발자국이 나면 오솔길이 되는 것처럼, 계속 탐구하는 주제를 섭렵하면, 새로운 뇌 회로가 만들어져 생각이 달라지게 되고, 결국 실천하게 된다.

이는 지속적인 학습으로 가능하다. 이렇게 두루 섭렵하다 보면, 분석의 눈썰미가 생겨나게 되고, 판단력과 의사결정력도 높아지게 된다. 또 실패할 수도 있다. 그런데 실패는 경험을 낳는다. 그리고 그 경험은 다시 판단력과 의사결정력을 높인다. 그렇기에 불안, 위기의식, 좌절, 열등감, 두려움은 또 다른 기회와 가능성을 여는 문이다. 한마디로 세상을 보는 눈이 더 생겨나고 지혜로워진다는 것을 의미한다. 성공했다, 실패했다를 반복하는 것은 자신 역량의 임계치가 높아지는 과정이다. 그러므로 실패를 해도 다시 시작하면 된다. 준비된 계획 플랜 B, C, D만 있으면 걱정할 필요가 없다. 다시 하면 되니까.

그러니 과거의 생각 회로에 갇혀 살 필요가 없다. 그럴 때마다 걸러내고, 부정적인 인식을 걸러내면 된다. 목이 말라 숲속 옹달샘의 맑은 물을 떠먹으려고 하는데, 나뭇잎들과 잔가지들이 떠 있다면 걸러내고 마셔야 하지 않겠는가.

멈추고 싶은 부정적 생각을 찾아보자. 무엇보다 자신이 평소에 입버릇처럼 하는 부정적인 말이 있다면, 지금 당장 대체될 수 있는 말을 찾아보자. 그리고 이미 익숙해진 나쁜 습관도 찾아보자. 그런데 나쁜 습관은 없어지지 않는다. 사라지는 것이 아니라 다른 좋은 습관으로 그 자리를 대체하는 것이다. 언제든 상황이 안 좋아지면 다시 그 습관은 불쑥 모습을 드러낼 수 있다. 따라서 대체할 수 있는 생각, 대체할 수 있는 행동 습관이 필요하다.

다음 그림을 참고하자.

도식화 그림

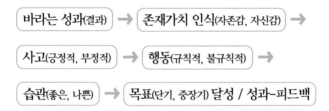

다시 강조하지만, 달성하고 싶은 성과에 대해, 그리고 관심 분야를 계속 섭렵하면 굳어있던 내 머릿속과 심장에 새로운 길이 생긴다. 자아는 발견하는 것이라기보다는 창조하는 것에 가까우므로.

여러 현자들도 미래를 예측하는 최선의 방법은 바로 자신이 미래를 만들어 가는 것이라고 하지 않는가. 지속적으로 상상하고 생각하는 일은 포기하지 않고 집중할 때 그 모습을 결국 드러낸다.

또 달성하고 싶은 목표를 정말 사귀고 싶은 사람 생각하듯
이 해본다면, 무엇을 어떻게 준비해 나가야 할지 굳이 애쓰
지 않아도 그 해답들이 수면 위로 떠오를 것이다. 그땐 집중
력이 엄청날 때니까.

05

달성하고자 하는 성과를
'결과 시점'으로 만들기

이십 대 후반에 운전면허를 따게 된 과정에 대한 이야기다. 그때만 하더라도 월급을 받지 못하는 시민사회단체에서 일을 했기 때문에 생활비는 스스로 벌어야 했다. 단체 상근자로 일하면서 이른 퇴근을 한 후 저녁이나 주말에는 여기저기로 몇 개의 알바를 하러 다녔다. 또 일을 했던 단체에는 차가 없었다, 그래서 토론회나 캠페인이라도 할라치면 작은 테이블이나 홍보물 등 많은 짐들 때문에 차와 운전자를 동시에 섭외해야 했다. 언젠가 괴산이었던 것으로 기억하는데, 단체 워크숍을 갔을 때이다. 갈 때는 도움을 받아 갔는데, 마치고 나올 땐 차가 없어서 결국 워크숍 물품들을 여러 명이 이고 지고 해서 겨우 나왔다. 그렇게 자동차가 절실하던 어느 날, 어느 회원에게 30만 원에 중고 프라이드를 판다는 정보를 얻었다. 당시엔 그나마 알바를 했기에, 내겐 그 차를 살 수 있는 여력이 어쨌든 있었다.

운전면허! 없었다. 하지만 기회는 이때다 싶어 그 중고차부터 샀다. 물론 운전면허는 차를 산 다음 학원에 등록해서 땄다. 처음엔 차를 세워 놓고, 생애 최초로 내 차가 생겼으니 얼마나 감개무량했겠는가! 빨간 프라이드였는데, 자취방 골목집 대문 앞에 세워 놓고 아침에 나갈 때 한 번, 저녁에 집에 들어올 때 한 번 '이게 내 차라니!' 하며 믿기지 않아서 쓰다듬어 보곤 했다. 하지만 운전학원에 다녀도 최소한 한 달 후에야 차를 몰 수 있었다. 차츰 하루 이틀 지나니, 차만 보면 가슴에 돌덩어리가 얹힌 듯 답답해졌다. 그렇게 결국 꿈에 그리던 운전면허증을 손에 쥐게 되었다. 운전이 좀 익숙해지자 차를 이용한 새벽 알바도 뛰기 시작했다. 체구는 작지만, 체력과 생활력은 아마도 거인이었나보다. 새벽 4시 30분부터 생활정보지 수만 부를 차에 싣고 아파트 단지들을 돌면서 통로마다 꽂아두는 알바를 두세 시간 정도 했다. 겁도 없이 새벽에 빼곡하게 앞뒤로 주차된 차량들—당시엔 거의 지상에 주차했다—사이를 들어갔다 나왔다 하며 차를 운전해야 했으니, 곡예 운전이 따로 없었다. 난감했던 적이 한두 번이 아니었으나, 그 결과 운전실력은 좁은 공간에서 차를 빼고 주차하는 신공을 발휘하게 돼, 그야말로 일취월장했다.

제3의 본성 관점에서 이 사건을 분석하자면, 일반적으로 면허를 따고 차를 구하는 것이 순차적이겠지만, 그와는 반대로 과감성을 발휘해 거꾸로 실행한 것이었다. 즉, 결과를 먼저 그려보고 세부 과정을 밟은 것이었다. 즉, 달성하고자 하는 결과는 자신과 단체를 위한 차량 보유 및 운행이었으니, 계획을 거꾸로 세운 것이다. 결과적으로 보면 잘한 선택이었다. 이후 차로 인해 나의 알바와 단체 활동의 기동성은 놀라울 정도로 좋아졌고, 시간과 경제 양 측면에서 더할 나위 없이 효율적이었다.

차부터 사고 운전면허를 따다니, 미친 거 아닌가! 하지만 때론 결과를 두고 거꾸로 경험하는 것도 방법이다. 하지만 매 사안마다 그랬다간 패가망신할 수도 있으니, 상황에 맞게 신중하게 선택할 일이다.

06

상대방의 의도에 집중하기

감정적이면 어떤 문제점이 있을까? 간혹 재미있는 현상을 발견하게 된다. 감정적인 사람에게 "차분하게 좋은 말로 하면 되지 왜 이리 감정적으로 말하느냐?"라고 하면 "내가 언제?"라고 할 때가 있다. 이런 경우, 즉 자신은 감정적이지 않다는 것이다. 이것은 자신이 감정적인 태도를 보이고 있는 것에 대해 잘 인식을 하지 못하고 있다는 의미이기도 하다.

이러한 감정의 출처를 따라가 보자. 사람은 대개 표면적이고 결과적으로 드러나는 기분, 태도, 행동에 반응한다. 하지만 이것은 빙산의 일각일 뿐, 그 아래 숨어있는 생각과 감

〈제6장〉 성과를 배가시킬 수 있는 제3의 본성 활용법 ②

정, 의도는 잘 알기 어렵다.

빙산 그림

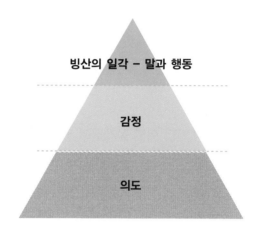

이 그림처럼 아무리 좋은 의도를 가지고 있어도 그걸 전달하는 방식을 부정적인 감정에 실어 부정적인 말과 행동으로 표현한다면, 상대방은 빙산의 맨 위만 보게 된다. 따라서 말하고 행동한 이의 의도를 알기가 어렵다. 그런데 모순되게도 사람은 자신의 문제 행동은 어떤 상황과 의도에서 비롯되었다고 하고, 다른 사람의 문제 행동을 볼 때는 그것을 싹 뺀다. 당연히 의도를 모르니까, 그냥 현상적으로 보이는 부정적인 말과 행동 그 자체에 경도된다.

현상과 본질은 다르다. 제3의 본성을 장착해 성숙한 사회적 자아로 최적화하고자 한다면, 표피적으로 드러나는 상대방의 말과 행동에 즉자적으로 반응하지 말아야 한다. 대신 그러한 말과 행동이 나오게 된 감정은 어떤 것이며, 그 아래 깔린 의도는 또 무엇인지 알고자 노력하는 태도가 중요하다. 그러면 자신과 상대방을 모두 구할 수 있는 열쇠가 될 수 있다. 자신의 의도까지, 그것도 선한 의도를 읽어주는 사람과는 절대 불편해질 수가 없는 법이다.

07

재미있거나 의미 있거나

사람은 보통 두 가지 동기에서 행동을 하게 된다. 첫째는 뭔가를 하고 싶다는 욕구를 느낄 때이다. 둘째는 필요를 느낄 때이다. 첫째가 흥미와 관심, 재미의 영역이라고 한다면, 둘째는 의미의 영역이라고 할 수 있겠다.

학습코칭을 했을 때 신기한 현상을 발견했다. 학생들이 배우고자 하는 과목이나 학습 주제에 대한 생각과 느낌이 어떤지 구체적으로 물어보면 핵심코칭 이슈가 거의 다 나왔다. 그러면 사실상 코칭의 목적을 절반쯤 이룬 것이나 마찬가지였다. 학습과 진로, 생활 측면에서 심리적인 문제는 무엇인지, 또 무엇을 어디까지 잘 알고 있는지, 잘 모르고 있

성격의 재구성, Remake Me

는 것은 무엇인지 메타인지가 작동되는 것이었다. 그다음 단계로는 왜 배우는지, 배우면 뭐가 좋은지에 대해 코칭대화를 나누는데, 이 두 단계만 잘해도 학습에 대한 흥미와 관심은 높아진다. 그다음에 어떤 학습내용이 있는지, 어떻게 하면 잘할 수 있는지에 대해 접근을 한다. 그러면 놀랍게도 고등학생에게 수학을 가르치지 않고도—특히나 난 문과 출신인데다 고등학교 수학은 손 놓은 지 오래돼서 모른다.—코칭만으로 학업 능력이 좋아졌다. 티칭에서 코칭으로의 패러다임 전환인 것이다.

그런데 요즘은 학습코칭이 많이 확산돼 좀 달라졌는지 모르겠지만, 그래도 교육 문제를 가만히 들여다보면, 대부분 앞의 내용에 대해선 소홀하고 뒷부분의 '어떻게 하면 잘할 수 있는지'에 대해서만 관심을 갖는다. 중요하건 맞지만 이는 근본적인 학습법이 아니다.

흥미나 필요 둘 중에 하나라도 느껴야 동기가 강해지는 법이다. 무엇을 하고 싶다와 무엇을 해야 한다는 많이 다르다.

어른들은 삶의 다양한 경험 속에서 그런 단계들을 다 거쳐서 흥미가 떨어져도 필요를 느끼면 할 수 있는 경지에 이르렀지만, 아동·청소년들에게 필요만 강조하게 되면 부작용이 생긴다. 사춘기에는 결국 튕겨 나갈 수도 있다. 즉, 아이들이 필요와 의미를 느낄 수 있도록 도우려면 흥미와 재미가 붙을 수 있도록 해야 한다. 즉, 직·간접적인 경험으로 의욕이 높아져야 조절의 단계로 진입할 수 있다는 것이다. '하고 싶다'가 '해야 한다'로 넘어갈 수 있게 된다. 다짜고짜 식의 조절은 외부 영향이 아니면 불가능에 가깝다. 따라서 욕구를 높여야 행동하게 된다.

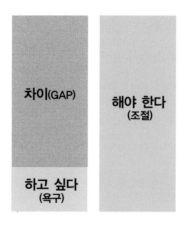

'하고 싶다' 가 올라와야 '해야 한다' 의 조절 단계로 들어서게 되는 것이다.

다시 돌아와서 이를 성인 학습법에다 대입을 시켜본다면, 성과 달성을 위한 제3의 본성을 장착해야 할 때를 가정해 보기로 하겠다. 제3의 본성이 필요한 주제를 놓고 그렇게 해야 하는 내 현실이 어떤지 마인드맵과 같은 기법의 브레인스토밍을 한 번 해보자.

첫 번째, 제3의 본성이 필요한 목표나 주제를 정해 보고 생각나는 대로 떠오르는 대로 적어보자.

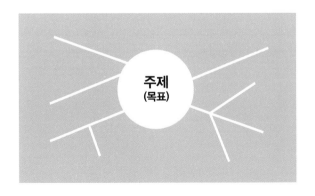

어떤가? 흥미와 재미보다는 의미와 필요가 훨씬 더 많이 나

오지 않는가?

두 번째, 그렇게 하면 뭐가 좋은지를 적어보자.

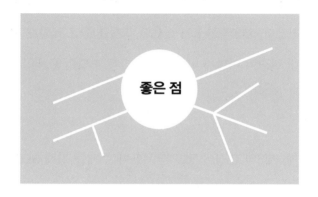

세번 째, 잘할 수 있는 방법에 대해 적어보자.

의미 있거나, 재미있거나 어쨌든 중요한 것을 먼저 해야 하는 건 당연한 일이다, 하지만 일상에서 중요한 것을 먼저 하기란 어렵다. 플래닝이라는 시간의 매트릭스 측면에서 본다면, 실제 중요하지도, 급하지도 않은 일들을 먼저 하게 되는 경우가 태반이다. 어찌 보면 그럴 수밖에 없다. 막상 일을 해보면 그만큼 중요한 일은 보다 많은 준비와 신중한 접근을 필요로 하기 때문이다. 따라서 이런 경우는 중·장기적으로 보았을 때 자신의 꿈과 비전에 비춰 재미있거나 의미 있는 일을 우선순위에 두라는 것으로 이해하면 좋을 것이다. 그리고 의미 있는 일이나 재미있는 일을 하고자 할 때 불균형은 있을 수밖에 없다. 워라밸이 중요하다고 하지만, 어떤 성과를 달성하고자 할 때 워라밸은 어렵다. 현실에선 불균형이 생길 수밖에 없다. 그건 '집중'의 다른 이름이기도 하니까. 하지만 불균형을 계속 방치하는 것은 문제다. 일정한 성과를 거두면 균형을 반드시 회복해야 한다. 그래야 다음 단계로 나갈 수 있는 힘이 생긴다.

08

위기가 보내는 신호 알아차리기

가습기살균제 참사를 조사하는 일을 하다가 하인리히 법칙이란 걸 알았다. 큰 사건 전에는 반드시 전조 현상처럼 작은 사건들이 일어나지만, 그걸 대부분 잘 알아차리질 못한다는 것이다.

우리 삶도 마찬가지다. 위기관리가 얼마나 중요한지 아는 사람은 알 것이다. 성장하고 발전을 하는 것도 중요하지만, 위기관리를 잘 못 하면 한 방에 훅 갈 수도 있다는 것을. 그런데 위기는 갑자기 쓰나미처럼 어느 날 일시에 닥치지 않는다.

하인리히 법칙이 말하듯이, 조금씩 신호를 보내고 있는데 알아차리질 못하는 것뿐이다.

그런데 희한하게도 위기가 고조될수록 다른 사람들의 의견이 귀에 잘 들어오지 않는다. 다 안다고 생각하거나 관성의 법칙이 작용해 그대로 밀고 나가니, 그야말로 위기다.

뭐든지 중간에 멈춰서 점검을 해봐야 한다. 얼마만큼 왔는지 내다보고 돌아봐야 한다. 사업이 망하고 흥하는 것도 결국 핵심 의사결정권자의 성격스타일에 기인하는 바가 크다. 오죽하면 오너리스크라는 말도 있잖은가. 위기는 자신의 성격스타일을 제3의 본성으로 재구성, 나아가 재창조 수준까지 갈 수 있는 기회다. 경로가 이상하면 잠시 멈추고 점검을 한 후 목적지를 다시 찍고 가야 한다. 그렇게 위기를 넘기고 다시 안정이 되면 본래의 편한 본성으로 되돌아가면 되지 않는가. 그땐 누구도 말리지 않는다.

09

감각을 뛰어넘는 고차원적인
자아상 만들기

만약 자신에게 무한한 시간과 돈이 있다면 무엇을 할 것인가?

다음의 문장을 완성해 보자.

> **나에게 무한한 시간과 돈이 있다면, 나는** ＿＿＿＿＿＿＿ **할 것이다.**

이 문장은 사실 자신이 설정한 목표에 도달하는 능력으로, 사람들을 돕고 살기 위한 궁극적 목적에 가깝다고 볼 수 있다. 즉, 좋은 차와 쾌적하고 아름다운 집, 건강한 가족, 세계 여행 등을 포함하지만, 그걸 더 넘어서는 고차원적인 자아상에 가깝다고 할 수 있다.

그렇다면 이를 위해 내가 지금 제일 잘할 수 있는 한 가지가 뭘까?

> **이를 위해 내가 지금 제일 잘할 수 있는 한 가지는 _____ 이다.**

이것을 위해 제3의 본성을 발휘해 본다면 어떤 것이 있을까?

> **이것을 위해 제3의 본성을 발휘해 본다면 _____ 이다.**

가장 우선 또는 나중에 실행할 것은 무엇인가?

> **가장 우선 실행할 것은 _____ 이다.**
> **가장 나중에 실행할 것은 _____ 이다.**

이제 다 왔다. 감각을 넘어서는 고차원적인 자아상이 만들

어졌다. 이제 자아상을 완성하는 길만 남아 있다. 그 길을

걸어가 보자!

본성을 잘 발휘할 수 있게 도와주는 코칭 기술

Remake
Me

흔히 자기성찰 지능과 인간친화 지능은 인성 지능이라고 한다. 자기성찰 지능이 높아도 인간친화 지능이 낮으면 예민하거나 무례한 사람이 될 수 있다. 사실 제3의 본성이란 원하는 성과를 달성하기 위한 성격스타일의 재구성이기도 하지만, 따지고 보면 자신의 취약한 역량을 끌어 올려서 보완하기 위한 작업이기도 하다.

01

뒤집기 기술로 원인에서 해답 찾기

주변에 도무지 이해하기 어렵거나 스트레스를
받게 만드는 사람이 있는가? 그렇다면 그 사람들 때문에 내
수명이 단축되어서야 되겠는가. 지금부터 소개하는 거꾸로
(역지사지) 코칭 방법은 이런 문제에 대해 해답을 제공하는 강
력한 기법임은 사실이지만, 스트레스 강도에 따라 말문이
막히거나 복장이 터지는 부작용이 있음을 미리 참고해 주길
바란다. 실제 코칭워크숍 현장에서 많이 보았던 장면이기
때문이다.

코칭 기법은 단순하다.

먼저 자신이 원하는 상태를 그려본다.

(~가 ~ 하면 좋겠지만) ~는 ~하지 않을 수밖에 없다(또는 없었을 것이다). 그 이유는?

첫째:

둘째:

셋째:

이렇게 하면 된다. 즉, ~의 입장에서 한번 생각해보는 역지사지의 원리다.

그러면 첫째, 둘째, 셋째의 내용이 결국 주된 원인이 될 것이고─물론 주관적 요인이란 한계는 분명히 있다.─그걸 뒤집으면 해답의 방향을 찾는 코칭 솔루션이 된다. 그런데 이 문제 해결법들이 결코 만만치 않다. 왜냐하면 나의 본성을 거스르는 경우가 많기 때문이다. 즉, 일정한 목표를 달성하게 되기 전까진 제3의 본성을 꺼내 써야 원하는 성과를 달성할 수가 있다는 것이다.

구체적인 사례들을 따라가 보자.

가령 방을 돼지우리처럼 해놓고 정리와 청소를 하지 않는 딸 때문에 스트레스를 받아 아예 딸의 방문을 열어보지도 않는다는 엄마가 있었다. 물론 딸과의 관계도 나빠졌다.

뒤집기(일명 역지사지) 기법 시작!

사례연구 1

질문: (딸이 방을 깔끔하게 잘 정리했으면 좋겠지만) 딸은 그동안 방을 안 치울 수밖에 없었을 것이다. 그 이유는?

대답: (잠시 말문이 막힘. 생각하기도 싫음. 그러다 간신히 이유를 하나씩 찾아냄.)

1. 방을 치우는 것보다 다른 할 일들(이것도 다 쓸데없는 일로 보임.)이 많아서

2. 언젠가(?) 시간이 되면 나중에 몰아서 하려고

3. 엄마가 치워주니까

> **해답:** 1. 딸이 한다는 다른 할 일들에(무엇인지 하나도 궁금
> 하진 않지만, 비난하지 않고) 그나마 관심을 가진다.
> 2. 시간이 돼 몰아서 하는 때가 올 때까지 기다린다.
> 3. 엄마가 치워주지 않는다.

위에서 보듯이 엄마는 그새 그래도 딸의 마음속에 한 번 들어갔다 나왔지 않은가. 이렇게 이유만 찾을 수 있어도 문제의 반쯤은 해결된다. 보자. 원인에서 어떻게 하면 해법에 접근할 수 있는지 단계적 해결 방법도 나왔다. 그런데 문제는 해결방법 1, 2, 3,이 그동안 해왔던 엄마의 성격스타일과는 전혀 다른 방향으로 전개된다는 것이다. 그야말로 일시적이긴 하지만 제3의 본성 장착이 필요하다. 그런데 사실 효과는 기대치보다 컸다. 1번만 했을 뿐, 즉 비난과 잔소리를 멈추고 작은 관심만 줬을 뿐인데 딸이 스스로 방을 치웠다. 이후에도 이런 태도가 지속됐는지는 모르겠지만, 어쨌든 한동안 그 엄마의 모습은 밝아 보였다. 관심 주제도 방 청소에서 옮

겨가 비만이었던 딸이 건강을 위해 식이요법과 운동도 하게
돼 싹 바뀌었다는 전언을 듣기도 했으니까 말이다.

또 한 가지 더 사례를 들어보겠다.

이번엔 게임에 과몰입된 아들을 둔 아빠의 이야기다.

사례연구 2

질문: (아들이 게임 시간을 좀 조절했으면 좋겠지만) 아들은 오
랫동안 게임에 과몰입될 수밖에 없었다. 그 이유는?

대답: (아빠는 사실상의 포기상태였음.)

1. 게임 외엔 할 게 없어서

2. ......

3. ......

이 아빠는 1번 외엔 더 이상 생각을 해내지 못했다. 일하느
라 바빠서 그만큼 아들의 마음을 헤아리기 어려웠던 것으로

보인다. 그 와중에도 이 아빠는 이미 아들의 게임 과몰입 문제 때문에 꽤 오랜 기간을 갖가지 방법으로 애를 썼지만, 거의 무기력 상태에 빠진 상태였다, 그러므로 사실상 아들의 마음에 들어갔다가 나온다는 것이 그야말로 역지사지를 하기엔 불충분한 상황이었다.

그래도 1번이라도 이유를 찾았으니 다행이다. 실제 어떤 코칭주제에서는 아예 한 가지도 이유를 찾을 수 없는 경우도 있었다. 마음의 벽이 거의 닫혀서 손톱도 들어가기 힘든 상황도 있는 법이니까.

원인에서 해답을 찾는 코칭 문제 해결법

해답: 1. 게임 외에 할 것을 찾는다.

참 막막하지 않은가? 게임 외에 할 것을 찾아야 하는데 무엇을 찾아야 할지. 그래서 아빠는 저녁을 먹다가 아이에게 무슨 음식을 좋아하느냐고 물어보았다. 그랬더니 아이는 게임을 하게 되면 배가 많이 고파서 라면을 주로 먹게 되는데, 라면 말고 다른 간식이 먹고 싶다고 했단다. 그래서 아빠는 있는 정성, 없는 정성을 다해 게임을 하는 아들을 위해 마지막이라 생각하고 결국 간식을 꾸준히 만들어 주었다. 평소에 청소와 쓰레기 분리수거 정도만 했지, 주방 근처도 잘 가지 않던 사람이 자식 문제가 걸리니 그것은 했다고 한다. 그러자 시간이 어느 정도 지나니, 거짓말처럼 평일엔 아이가 학교 다니느라 피곤하다며 게임을 하지 않는 시간들이 생기기 시작했다. 그리고 상급 학교에 진학하더니 바라던 대로 되었다. 다 한때의 과몰입이었던 것이다.

또 다른 사례를 보자.

이번엔 직장 내에서 벌어지는 세대문화의 차이에 관한 코칭 주제이다.

사례연구 3

질문: (존중받고 젊은 친구들과 소통도 잘됐으면 좋겠지만) 직원들은 나이가 많고 상급자인 나를 부담스러워 할 수밖에 없었을 것이다. 그 이유는?

대답: (밥도 혼자 먹을 때가 많음. 잠시 심란함.)

1. 자기들끼리 어울리는 것이 더 편하고 재미있으니까

2. 직장은 인간관계 하려고 온 곳이 아니니까

3. 더 빛나는 커리어를 위해 언젠가는 퇴사할 거니까

원인에서 해답을 찾는 코칭 문제 해결법

해답: 1. 답을 못 찾겠다. 내가 더 재미있고 편안하게 해줄 필요도, 자신도 없다. (사실 이것이 해답 아닌가 → 굳이 잘 소통하려고 애써 힘쓸 필요가 없다.)

2. 직장에 대한 냉탕과 온탕까지의 다양한 관점을 수용해야겠다.(회사에 대한 생각이 다르다는 것을 인정할 필요가 있다. 일과 관계의 감정적 독립 필요. 따로 또 같이)

3. 같이 오래 일할 사이가 아니라면 정들 시간도 없겠다.

이번엔 상사의 갑질 문제이다.

사례연구 4

질문: (상사와 소통이 기본적으로라도 됐으면 좋겠지만) 상사는 왜 나만 미워할까. 그 이유는?

대답: (분노가 치민 상태)

1. 상사의 권한에 대해 잘 알지 못해서

2. 다른 사람들 앞에서 상사의 권위를 잘 세워주지 않아서

3. 상사가 하고자 하는 일에 이견을 잘 제시해서

해답: 1. 내가 아는 것보다 더 그 이상일 수 있다. 상사의 권한에 대해 잘 숙지한다. (기본 중에 기본)

2. 일부러 권위를 세워주는 것까진 못 해도 권위를 깎아내리진 말자.

3. 공식적으로 꼭 이견 제시를 해야 한다면, 사전 정지작업과 소통을 미리 좀 해 양해를 구하던지, 아니면 다른 방식으로 정중하게 드리자.

악당 같은 상사라도 어쩌면 그 안엔 싫어하지만 나도 닮은 지점이 있을 것이다. 쉽게 인정하기 어렵겠지만, 때론 주로 그 지점들 때문에 부딪힐 수도 있다. 상사가 아예 철면피라면 버티고 견뎌야지 어쩔 도리가 없다. 아니면 그 사람과 함께 있는 시간과 공간이 빨리 분리되길 바라는 수밖에.

그 정도 지경까진 아니라면 관찰, 연구대상인 것이다. 즉, 무시 또는 동정심의 대상이니 공감이 안 되면 지켜보기라도 하자. 관심의 중심추를 문제 행동에서 더 뿌리로 옮겨보는 것만으로도 보는 것이 달라지게 된다. 어차피 인생 수업의 장이니까. 또 책이나 다양한 영상 등을 통해 다른 사람들의 다양한 삶을 이해해 보는 것도 하나의 방책이다. 자신을 위해 캐릭터 속으로 들어가 보는 것도 나쁘지 않다.

02

타인을 잘 아는 것은 결국 지능의 문제, 소통 메이커 되기

타인을 잘 아는 것은 지능의 문제이다. 혼자는 잘나고 똑똑한데 다른 사람에겐 무례한 사람이 있다. 한마디로 지능이 낮은 사람이다. 그런데 다른 지능이 아니라 바로 인간친화 지능이 낮은 것이다. 하버드 대학의 심리학자 가드너(Howard Gardner) 박사의 다중지능(Multiple Intelligence)—자기성찰 지능, 인간친화 지능, 언어 지능, 논리수학 지능, 공간 지능, 자연 지능, 음악 지능, 신체운동 지능—이론의 관점에서 본다면, 예전에 우리가 학창 시절 때 받은 지능검사, 흔히 IQ(Intelligence Quotient)라고 하는 것은 위의 8개 지능 중 언어 지능이나 논리수학 지능, 공간 지능 등에 다소 특화된 지능이라고 할 수 있다. 그래서 공간 지능이 낮은 나의 경우 초등학교 5학년 때인가 IQ 검사 결과가 두 자리로 나왔다. 그때 도형 문제인가, 시간이 부족해서 답을 잘 쓰지 못했던 것으로 기억한다. 하여간 그때부터 오빠는 가족들과 식사 자리에서도 "아이큐 두 자리! 와서 밥 먹어."라며 나를 놀렸고, 가족들도 킥킥대며 재밌어했다. 바로 그 망할 IQ 검사 결과 때문에, 그 이후로 난 정말 내 머리가 무척 나쁜 줄 알았다. 그런데 그나마 다행이었던 건 "난 머리가 안 좋으니 열심히 노력하지 않으면 안 되겠구나!"라는 위기 의식과 특유의 낙관성 덕분에 그나마 공부를 하게 되었다는 점이다. 그런데 문제는 중학교 때 터졌다. 그렇게 머리가 나쁜 줄 알고 중학교에 와서도 열심히 공부를 잘하고 있던 내게 어느 날 중3 담임 선생님께서 "네가 우리 반에서 IQ가 가장 좋으니 계속 열심히 공부해라."라는 말씀을 해주신 것이었다. 아이큐 두 자리로 서러웠던 세월을 생각하니, 그 말씀을 들었을 때 얼마나 기뻤던지 눈물이 날 뻔했다. 하지만 그 격려의 말씀이 정작 내겐 작은 비극의 씨앗이 되었다. 갑자기 가족들도 잘 모르는 나만의 내면에 사춘기가 세게 왔다. 이후로 공부도 잠시 좀 소홀하게 되었다.

선생님의 그 말씀을 듣지 않고 계속 머리가 나쁜 줄 알았다면 어땠을까? 학창 시절을 돌이켜 보면, 난 입시를 앞두었던 고등학교 때가 아니라 중학교에 다닐 때 제일 공부를 열심히 했다. 혼자 새벽에 일어나 두 시간 정도 공부를 하고 등교할 정도였으니. 그러니까 초등학생 때 안 좋았던 지능지수가 중학생 때 놀라울 정도로 좋아진 것은 당연한 것이 아니었을까? 그렇게 나도 모르는 사이에 학습능력을 계발했으니까. 그런데 문제는 그 지능지수란 것이 제도교육 속에서 한쪽으로 다소 치우친 것이라는 점이다. 사람의 지능은 다양한 측면을 갖고 있다는 점을 반영하지 못하는.

소통 역시 지능의 문제이다. 사람은 대부분 자신의 강점 지능에서 타인을 바라보는 경향이 있다. 위에서 내가 공간 지능이 낮았다고 했는데, 이것으로 인해 어머니와 함께 살 때 소통이 잘 안돼 스트레스를 받는 일이 종종 있었다. 내가 관찰해 본 결과, 우리 어머니는 공간지능이 뛰어난 분이셨다. 주방에 그릇 정리는 물론, 옷장 정리도 종류별로 옷들을 나란히 줄 세울 정도로 너무 깔끔하게 잘 정리하셨다. 그리고

〈제7장〉 제3의 본성을 잘 발휘할 수 있게 도와주는 코칭 기술

물건도 항상 제자리에 있었다. 게다가 오래전 일임에도 내가 그때 어디에서 무슨 옷을 입고 있었는지, 정작 한 세대나 젊은 난 아예 기억에 없는데 어머니는 당시처럼 똑똑히 기억하셨다. 그런 어머니시니까 같이 살면서 간혹 내게 물건을 좀 찾아서 갖고 오라고 하실 땐 그야말로 속 터져 하셨다. 가령 이런 식이다.

"주방 싱크대 오른쪽 아래 두 번째 서랍을 보면 작은 네모 통이 하나 있는데, 그 뒤에 파란색 비닐 안에 반으로 접어놓은 삼베 주머니가 있으니 좀 갖다줘."

다중지능 이론에 따르면, 사람의 강점 지능은 기억력과도 상관이 있다. 즉, 언어 지능이 높으면 사람의 글과 말을 잘 기억하는 능력이 좋고, 공간 지능이 높으면 물건의 위치 등을 잘 기억할 수 있다는 것이다. 그런데 아무리 언어 지능이 좋아도 약점 지능인 공간 지능이 취약하니, 어머니의 말씀을 귀 기울여 듣고자 해도 "주방 싱크대 오른쪽 아래 두 번째 서랍의 작은 네모 통"까지만 간신히 기억나는 것이다. 그래서 일단 거기까지 들고 가서 오른쪽 아래 두 번째 서랍이 어딘지 이 서랍 저 서랍을 열어 뒤적거리고 있으면, 보다 못한 어머니가 결국 오셔서 "봐. 여기 있는데 그걸 그렇게 못 찾아. 네 아버지랑 어쩜 그렇게 똑같은지, 뭐를 꼭 손에 쥐어 줘야 안다니까." 하셨다.

이런 일이 자주 있으니 스트레스를 안 받기란 여간 어려웠다. 이런 부분에선 어머니도, 나도 서로 이해 불가, 소통 불가였다.

지금은 어머니께서 남동생 가족과 사시지만, 이런 문제는 여전히 진행형이다. 반찬통만 하더라도 난 친정어머니인지, 시어머니인지, 언니인지 등 누구 집에서 가져온 것인지 써 놓지 않으면 잘 식별을 못 한다. 그렇다고 딱히 표시를 해놓지도 않는다. 그런데 어머니는 오랜만에 반찬통을 가져다드리면 "이건 우리집 것이 아니고."라며 딱 구분해서 내놓으신다. 내 눈에는 죄다 그 통이 그 통 같은데, 아직도 어쩜 그리 잘 아실까.......

이렇게 생활에서 겪는 문제들은 누구나 비일비재할 것이다. 나의 경우 40대 초반에 다중지능을 접하고서야 그 의문들이 풀렸다. 마치 퍼즐을 맞춰가는 것처럼 신기했다. '아, 그래서 그랬구나!' 의 반복이었다. 코칭을 할 때도 성격스타일도 있지만, 다중지능 검사 결과를 반영하면 문제의 실마리들이 잘 풀린다.

이렇듯 자신의 강점지능에서 상대방을 바라보면 소통이 더 어렵다. 즉, 그 프레임을 내려놓고 있는 그대로 봐주려는 노력이 필요하다. 만약 어머니가 공간 지능이 그렇게 높은 분이 아니셨다면 딸과의 사소한 갈등 따윈 존재하지 않았을 것이다. 그저 그러려니 하고 살지 않으셨을까. 하긴 세월이 많이 흘렀으니, 지금은 포기하신 듯 보인다.

언어 지능과 인간친화 지능이 높은 사람들은 대체로 문자나 톡에도 빨리 반응을 하는 편이다. 그러나 이 지능들이 낮은 사람의 경우는 그렇지 않을 수 있다. 그래서 사람들은 이런 것들로 인해 서로 서운해하거나, 또는 본의 아니게 오해를 받기도 한다. 그렇지만 이 지능이 낮아도 논리수학 지능이 높아 실리를 민감하게 따질 땐 빛과 같은 속도로 반응할 수 있다.

흔히 자기성찰 지능과 인간친화 지능은 인성 지능이라고 한다. 자기성찰 지능이 높아도 인간친화 지능이 낮으면 예민하거나 무례한 사람이 될 수 있다. 사실 제3의 본성이란 원하는 성과를 달성하기 위한 성격스타일의 재구성이기도 하지만, 따지고 보면 자신의 취약한 역량을—약점 지능일 것이다—끌어 올려서 보완하기 위한 작업이기도 하다.

03

멋진 응원 해주기

난 또래 친구들에 비하면 대학을 오래 다녔다. 휴학 1년을 포함해 6년 반 만에 졸업을 했다. 요즘 대학생들이 휴학을 하는 것과는 달리, 내가 다니던 시절에는 군대를 가지 않는 여학생으로는 좀 드문 일이었다.

처음에 1학년을 마치고 2학년에 올라오자마자 갑작스럽게 1년을 휴학했을 때도 그랬고, 복학해서 잘 다니던 학교를 한 학기 유급도 모자라 1년 반을 더 다니게 되었을 때도 부모님은 왜 그런지 야단치지 않으셨다. 대신 그런 딸에 대해 처음엔 '18개월 방위-지금 군대로 따지면 공익근무-가 됐구나!' 라고 여기셨다고 한다. 그런데 내가 학교를 더 다니게 되니, 결국 '현역-당시엔 2년 6개월 이상-으로 제대했구나!' 라고 하셨다. 그뿐이셨다.

졸업 후에도 난 대부분의 친구나 후배들과는 달리, 교직을 택하지 않았다. 이유 불문하고 20대 중반부터 어쨌든 좋아하는 일을 하기 위해 새벽과 저녁 시간, 주말을 이용해 아파트 출입구마다 정보지를 꽂아 놓는 알바와 아이들을 가르치는 일을 하면서 생활비를 벌었고, 낮에는 시민단체에서 사회운동가로 상근 활동을 하였다. 한 5년간은 월급도 안 받고─단체 형편상 줄 수 없었다.─오히려 회비를 내가면서 일을 했다. 월급도 안 주는 데를 직장으로 삼는 경우가 어디 있을까마는 당시에는 특히 지방에서 일하던 시민사회단체 활동가들 중에는 그런 일이 많았다. 어쨌든 밥과 꿈과 일이 분리된 삶이었고, 현실은 힘들었지만 그래도 젊고 좋아하는 일이었기에 재미있었고 보람 있었다.

당시 부모님은 왜 교직을 택하지 않느냐면서 지금이라도 해보면 어떻겠느냐고, 딱 한 번 권유한 적이 있었다. 하지만 그때 난 하고 있는 일이 소중했으므로 교직은 안중에도 없었다. 부모님도 그러시곤 말았다.

〈제7장〉 제3의 본성을 잘 발휘할 수 있게 도와주는 코칭 기술

세월이 흘러 생각해보니, 만약 지금 우리 아이들이 그렇게 살았다면 끝까지 믿어줄 수 있었을까. 난 아마도 힘들었을 것 같다. 그러니 나에겐 평생 딸에게 멋진 응원을 해주고 가신 아버지와 지금도 삶의 지혜를 가르쳐 주시는 인생 코치 어머니가 함께해 주신 건 그야말로 신의 축복이 아닐 수 없다.

그래도 살아오면서 한두 번 죽고 싶을 때가 있었다. 그때 느꼈던 건 직장에서 내 마음을 알아주는 단 한 명만 곁에 있으면 그래도 살아갈 수 있구나 싶었던 것과 누가 뭐래도 끝까지 나를 포기하지 않는 존재의 힘이었다. 사람이든, 그 이상의 절대적 존재이든 우리에겐 자신에게 멋진 응원을 해줄 인생 코치가 필요하다. 그리고 자신 또한 누군가에게 멋진 응원을 해줄 수 있는 인생코치가 되어 주면 좋겠다. 거기엔 별다른 능력이 필요치 않다. 그저 상대방에게 온전히 공감해 주고 진심으로 귀 기울여 주는 마음만 있으면.

내가 경험한 인생코치는 '전폭적인 신뢰'를 보내주신 부모님이다. 그 덕에 어려움에 직면해도 다시 일어설 수 있는 낙관성과 자존감이라는 삶의 기초공사를 잘 다지게 되었다. 하지만 부모님 같은 존재가 아니더라도 아직까지 인생코치를 못 만났어도 괜찮다. 아직도 우리에겐 새털같이 많은 날들이 있다. 따라서 언젠가는 만날 날이 있을 것이다. 아니면 도처에 있는 사람들이, 자연이, 어떤 영화 한 편 등 모든 존재가 인생코치일 수도 있다. 그마저도 아니라면 내가 자신의 인생코치가 되고, 다른 사람에게도 그런 존재가 되어보는 것도 방법이다.

04

미처 몰라봤던 내 안의
낯선 존재를 찾아서

몰라봐서 미안하다. 원곡 가수들만 노래를 잘
하는 줄 알았다. 그런데 투박하지만, 노래에 진심을 다해 부
르는 어느 아티스트의 커버 곡 〈only〉에서 음색이 그렇게
뿜어져 나올 줄을. 또 보조 출연으로 나왔음에도 온몸을 튕
겨가며 사력을 다해 부르는 아이돌그룹 랩퍼의 〈낭만고양이
〉가 그렇게 치열할 줄을. 어느 트로트 오디션에 나온 초보
가수의 노래가 인생의 끝자락에 있는 듯 가슴 저리게 할 줄
을....... 그렇게 진심과 사력을 다해 다른 사람의 노래를 따
라 부르는 사람들의 목소리에도 영혼을 치유하는 힘이 있다
는 것을 예전엔 잘 못 느꼈다. 이를 비약해 본다면, 따라 살
고 싶은 삶을 위해 미처 몰라봤던 내 안의 낯선 존재를 찾아

서 노력하는 일도 가능하지 않을까? 단, 타인에 대한 질문을 내게로 돌릴 수만 있다면.

서울에 올라와 처음으로 집을 구할 때의 일이다. 지방에 살 땐 방 두 칸에 살았는데, 그 돈으로 서울에선 방 한 칸짜리도 얻기 힘들었다. 한강 다리를 건너는 전철 안에서 강변에 즐비한 아파트들을 보면서 '저 사람들은 어떻게 자기 집을 갖게 됐을까?' 생각했다.

또 가끔 도서관과 서점에 있는 책들을 보면 '세상에 이렇게 책을 쓴 사람들이 많지? 사람들은 모두 어떻게 책을 썼을까?' 싶었다.

그런데 돌이켜보니 이 질문을 나 자신에게 했어야 했다. 즉, 저렇게 아파트가 많은데 나라고 집이 없으란 법 있는지, 또는 나라고 왜 저자가 되지 말란 법이 있는지, 스스로에게 질문을 했어야 했다. 부러우면 지는 거라고 했다. 이기고 지는 것이 중요한 것이 아니라 부러워하지 말고 나도 안되란 법이 있냐고, 그 시간에 스스로에게 물어봤어야 했다. 스스로

에게 물어보기! 이것이야말로 제3의 본성을 탐색할 때 던져
야 하는 가장 강력한 질문 중 하나다.

자존심의 또 다른 해석은 다른 사람과 비교해 느끼는 우월
의식 또는 열등감이라고 한다. 그리고 우월감 역시 또 다른
열등감이다, 그러니 있다고 우월감을 느끼고, 없다고 열등
감을 느낄 것이 아니다. 그럴 땐 괜히 자존심만 상해 우울해
하지 말고. 살고 싶은 삶에 대해 내 머릿속의 재생목록(play
list)을 만들어 보자. 그러면 그 재생목록에 담아 둔 음악이
저절로 흘러나오는 것처럼, 자신의 삶도 바라는 모습을 위
해 작동되기 시작할 것이다.

그런 꿈을 꾼다. 〈청계천 8가〉를 드럼으로 치며 "산다는 것
이 얼마나 위대한가를. 끈질긴 우리의 삶을 위하여"라는 마
지막 가사를 코창력으로 뽑아내고, 〈기다림과 설레임〉의 블
루스 리듬을 타고, 〈낮과 밤〉이라는 귀에 때려 박히는 딕션
으로 랩을 하고, 신박한 걸그룹의 〈하입보이〉를 추고, 전자
기타로 〈사랑하는 이여 내 죽으면〉이라는 노래를 쓸쓸하게

연주하고, 트로트가수의 단독 콘서트를 보러 가는 그날에 감격하는 내 모습을. 예전엔 미처 몰랐다. 내 안의 이 낯선 존재들을. 그리고 고맙다. 바라는 삶의 모습들이어서. 이젠 악기부터 사지 않겠다. 집에 먼지 쌓인 우쿨렐레 하나로 족하니까. 시나브로 제3의 본성을 발휘할 때다.

〈제7장〉 제3의 본성을 잘 발휘할 수 있게 도와주는 코칭 기술

"변해야 하고 바꿔야 하는 것이
피곤한 당신에게"

사는 게 매일 그날이 그날 같다, 하지만 조금만 주위를 쳐다봐도 풀 한 포기, 꽃 한 송이, 나무 한 그루마다 그 모습이 날마다 다르다. 아파트에 살 때는 미처 몰랐다. 이렇게 하루하루 다른 줄을.

겨우내 얼어붙었던 흙이 어느새 포슬포슬해지고, 새싹과 줄기와 잎, 꽃이 앞서거니 뒤서거니 나온다. 조그만 텃밭 나무 상자의 상추와 시금치도 거짓말 조금 보태 밤새 손가락 한 마디씩 자라있다. 모든 것이 눈에 보이진 않지만, 분명 달라져 있고 새롭다. 날마다 달라지는 그 모습이 심지어 대견스럽다.

문득 궁금해졌다. 이렇게 날마다 변하는 풀, 꽃, 나무들을 보고 아름답다고 감탄하면서도 정작 자신의 모습에 대해서는 어떻게 느끼고 사는지...... 얼마나 대견해하고 이뻐하는지......

화분도 하나 잘 간수하지 못해 죄다 죽이던 내가 변한 것은 극심한 스트레스 때문이었다. 결국 혼자 힘으로 버텨야 하는 스트레스를 극복하는 과정에서 어느 순간 내게 취미생활 하나 없다는 사실을 알아차렸다. 그나마 숨통 틜 무언가가 있어야겠다는 절박함이 생겼다. 그래서 씨앗을 사고 배양토까지 주문해서 샀지만, 아파트 베란다에서 오랜 기간 방치했고, 이사 올 땐 결국 버렸다.

하지만 환경을 바꾸니 가능했다. 7평 정도 되는 뒷마당에 소소하게 꽃도 심고 채소도 키우게 될 줄이야. 날마다 물을 주면서 잠시 관찰하는 즐거움도 생겼다. 그 가운데 스트레스는 다 극복되었고, 앞으로 남은 내 삶의 여백을 어떻게 채우며 살고 싶은지, 마음의 정리도 어느 정도 끝났다. 이젠 실행만이 남아 있다. 돌이켜보면 베란다에서 썩어버린 배양토와 씨앗들이 결국 열일을 했다. 시작점을 열어 주었으니......

사람은 변해야 한다고 한다. 바뀌어야 산다고 한다. 하지만 그렇게 하지 않아도 지금 살아내는 사는 삶 자체가 결코 만만치 않다. 피곤하다.

살다 보면 살아진다고 했던가! 그저 그렇게 살아도 된다. 큰 문제만 없다면. 하지만 언젠가 줌인(zoom in)을 해야 하는 특정 순간이 온다면 문제는 달라진다. 나처럼 큰 정신적 고통을 치유해 줄 그 무언가에 줌인을 해보게 되는 순간이 오기도 한다. 그러면 다음은 무엇에 로그인(log in)을 해야 할지 감이 잡힐 수 있다.

난 원래 이런 사람이니까, 하고 그렇게 살아도 무방하다. 자연스러운 것이 가장 행복한 것 아니겠는가. 하지만 성격에 대한 고민으로 인해 결국 제3의 본성으로 바라는 삶을 잠시 잠깐씩 살고 싶은 당신이라면 이 두 가지만 기억해 주길 바란다.

내 본성을 바꾸는 이 행동 하나라도 할 수 있어서 다행이라고 여기면, 다음 단계로 갈 수 있는 용기와 자신감이 행운처럼 따라 붙을 것이라는 사실을......

또 실패하더라도 경험과 판단력, 의사결정력을 높일 수 있는 지혜를 얻었으니, 밑질 게 없으므로 준비해 놓은 다음 계획을 또 실행하고 계속 하다 보면 결국 살고 싶은 대로 살 수 있다는 사실을......

아인슈타인이 그랬던가. 문제를 해결하려는 그 시점에 머물러 있으면 해답을 찾기 어렵다고.

〈에필로그〉 변해야 하고 바꿔야 하는 것이 피곤한 당신에게 우리가 갖고 있는 중요한 문제들은 우리가 그 문제를 만들어 냈을 때와 같은 수준의 사고방식으로는 해결할 수 없다.

The significant problems we have cannot be solved at the same level of thinking with which we created them.

– 알버트 아인슈타인

우리의 시점을 미래와 결과 시점으로 옮기는 선택은 결국엔 옳다. 목표는 무작정 세우려고 애쓰지 말고 그냥 심장이 가리키는 대로 눈으로 보면 더 쉽게 그려진다. 그리고 자신이 보는 것을 믿으면 된다. 그것이 삶의 목표이고 성과를 달성하는 방법이다. 이를 실행하기 위한 것이 제3의 본성이다.

결국 명확한 의도와 진정성 있는 감정의 화학적 결합은 꿈꾸던 삶을 실제로 만들 수 있다. 그리고 삶의 차원 상승도 가져온다. 그래 우리, 이 생에서 조금씩 진화하는 삶을 살아보자!

2023년 6월

봄꽃보다 더 많이 피는 줄 몰랐던
여름꽃을 떠올리며

지은이 **최성미**

제3의 본성은 자신이 바라는
삶의 목표를 대상으로 하고 있다.
한마디로 어떤 일에서 성과를
분명히 내고 싶다면,
그 일을 가장 잘 수행할 수 있게 하는
나의 성격적 특징이 무엇일까 생각해보고,
그에 맞춰 자신의 성격을
리메이크하자는 것이다.